한국 현대시의 단면

김 영 석

국학자료원

책머리에

이 책은 부록까지 합하여 모두 4부분으로 나누어져 있다. 맨 앞에 실린 한 편의 논문을 제외하면 대부분이 그때그때 청탁에 따라 발표되기는 했지만 그 동안 내가 펴낸 어느 책에도 수습되지 못한 채 누락되어 남아있던 것들이다.

제1부는 한 편의 논문이다. 이것은 생전 처음으로 쓴 논문으로서 거의 40년 전의 내 석사학위 논문이다. 여러 연구자들이 더러 석박사 학위논문을 내게 보내오는데, 거기 보면 빠짐없이 연구사에 이 논문이 거론될 뿐만 아니라 빈번히 긴요하게 인용되고 있어서 이런 식으로나마 다시 활자화해도 괜찮다 싶은 생각이 들었다.

그러나 이 논문을 지금 보면 아주 어설프게 설익은 생각을 엉성하게 얽어 놓았다는 느낌을 떨칠 수가 없어 스스로 얼굴이 화끈거려지는 것도 사실이다. 치기만만한 논조와 쓸데없는 현학취에 빈다한 인용이 그렇고, 치밀한 논리 대신 급박하고 단정적인 어조가 또한 그렇다. 하지만 손질하지 않은 채 원문 그대로 수습하는 것이 의미가 있다고 생각했다. 다만 국한문 혼용체로 된 문장의 한자 표기를 한글로 바꾸고, 영문에 번역문을 추가하였다.

제2부는 작품론과 시집론 그리고 짧은 서평들이다. 여기에 당시의 시단의 흐름과 현황을 개괄적으로 살펴본 글, 한 불행한 시인에 대한 회고의 글 등을 함께 실었다.

제3부는 나의 시론을 엿볼 수 있는 것들로서 비교적 짧은 것들이다. 여기에 그간 펴낸 내 시집의 서문들을 같이 묶고, 어느 문예지에 실렸던 문학적 자전이라 할 만한 글을 더하였다.

그리고 참고삼아 게재지 서지사항을 각 글의 말미에 달아 두었다.

이 세상에 존재하는 것 치고 쓸데없는 것은 하나도 없다고 한다. 그러니 이 볼품없는 작은 책자도 어디선가 그 나름으로 한 몫 할 수 있기를 바랄 뿐이다.

2011년 11월
능가산 세설헌(洗雪軒)에서
하인(何人) 김영석

차례

책머리에

제1부

유치환론

제2부

제3부

부록

제1부

유치환론

1. 서론

(1) 시사적 배경

한국의 현대 시문학사에서 1930년대라는 한 시기는 현대 시로의 전환이라는 분기점으로 파악된다. 그것은 곧 1930년대 초기에 일어난 <시문학파>의 순수 서정시 운동의 전개와 모더니즘 운동의 전개를 두고 말함인데 전자는 당대 KAPF의 지나친 목적주의 문학의 경향성에 대한 반발적인 모습으로 나타났으며, 후자는 "세기말 문학의 말류인 센티멘탈 로맨티시즘과 당시의 편내용주의의 경향"[1])에 대한 반동으로 나타났다.

<시문학파>의 순수 서정시 운동은 다음 두 가지 면에서

---

1) 김기림, 『시론』, 백양당, 1947, 74쪽.

그 의미를 지닌다. 첫째는 "순수한 시에 대하여 뚜렷한 의식을 가지게 되었다"[2]는 점이며, 둘째로는 "시의 언어에 대하여 깊은 자각을 갖게 되었다"[3]는 점이다.

특히 시의 언어에 대한 깊은 자각이란 시가 무엇을 노래할 것인가 하는 것을 깨닫는 한편, 시를 어떻게 써야 할 것인가 하는 표현의 방법에 대하여 진지한 관심과 실천을 갖게 되었다는 것을 의미한다. 바로 이것으로 말미암아 "한국현대시의 기점도 이러한 점에서 고려될 수 있다"[4]는 가능성을 유보하게 된다.

모더니즘의 시문학 운동은 "이 나라에서 자기 나름으로 근대적 시 이론을 소개한 거의 유일한 존재"[5]로 평가되는 김기림에 의해 주도되는데, 그는 시가 "언어의 예술이라는 자각과 시는 문명에 대한 일정한 감수를 기초로 한 다음 일정한 가치를 의식하고"[6] 씌어져야 된다는 주장을 하며 다음과 같이 말한다.

모더니즘은 위선 오늘의 문명 속에서 나서 신선한 감각으로

---

2) 정한모, 『현대시론』, 민중서관, 1973, 188쪽.
3) 위의 책, 같은 쪽.
4) 위의 책, 189쪽.
5) 송욱, 『시학평전』, 일조각, 1963, 178쪽.
6) 김기림, 앞의 책, 74쪽.

써 문명이 던지는 인상을 붙잡았다. 그것은 현대의 문명을 도피하려고 하는 모든 태도와는 달리 문명 그것 속에서 자라난 문명의 아들이었다. 그 일은 바꾸어 말하면 우리 신시사상(新詩史上)에 비로소 도회의 아들이 탄생했던 것이다. 제재부터 위선 도회에서 구했고 문명의 뭇 면이 풍월 대신에 등장했다.[7]

이러한 김기림의 발언은 새로운 시는 현대의 도회문명을 노래하는 것이어야 하며, 그것은 신선한 감각으로써 수행되어야 한다는 매우 피상적인 사고의 결정으로 보여진다.[8]
그러나 현대시 정신의 자각으로써 다음과 같은 그의 진술은 주목할 만한 것이다.

자연발생적 시는 한 개의 <자인>(존재)이다. 그와 반대로 주지적 시는 <졸렌>(당위)의 세계이다. 자연과 문화가 대립되는 것처럼 그것들은 서로 대립한다. 시인은 문화의 전면적 발전 과정에 의식한 가치 창조자로서 참가해야 할 것이다. 이러한 주지적 방법은 자연발생적 시와 명확하게 대립하는 것처럼 단순한 묘사자와도 대립한다.[9]

위의 진술은 비로소 한국의 시가 <제작되는 언어의 예술>이라는 현대적인 시로 전환되고 있음을 입증한다. 이러

---

7) 위의 책, 75쪽.
8) 송욱, 앞의 책, 178~194쪽 참조.
9) 김기림, 앞의 책, 107~108쪽.

한 모더니즘 운동의 의의는 첫째, 의식적이고 주지적인 방법으로 시를 제작해야 한다는 일견 현대적인 시적 방법론을 획득했다는 점에서, 둘째, 한국시의 소재와 시어의 적극적인 발굴과 확장이라는 점에서 확연한 거점을 마련한다.

이상의 간략한 1930년대 초기의 두 가지 중요한 시문학 운동을 개관하여 볼 때 우리가 느끼는 것은 그것이 시의 형식적인 면에 치중되었다는 점과 인간 자신의 문제가 시적 관심으로부터 소외되었다는 점이다. 전자는 주로 <시문학파>의 운동이 남긴 것이며 후자는 모더니즘 운동의 결과로 보인다.[10]

이러한 상황은 필연적으로 시혼의 공소(空疎)를 재래하였고, 인생과 자연에 대한 구경적 정신을 거부한 결과 시정신의 질식상태를 초래하였다는 비판을 받게 된다.[11] 그리하여 마침내 1930년대 후기에는 자연과 인간의 회복을 구하며 감각보다 정서를, 신경보다 심장을, 객관보다 주관을, 문명보다 자연을, 기계보다 영혼을 찾는 소위 <인생파> 또는 <생명파>로 불리는 일군의 시인들이 나타났다.[12]

---

10) 김동리, 『문학과 인간』, 백민문화사, 1948, 61~63쪽 참조.
11) 위의 책, 같은 쪽.
12) 서정주, 『한국의 현대시』, 일지사, 1969, 22쪽 참조. 서정주는 이 책에서 "<인생파>란 말도 부당한 건 아니겠지만 일본 현대시사의 인생파와 혼동하는 일이 있어서는 안되겠기에 이 지칭은 어떨까 한다"고 말하

이러한 저간의 사정을 서정주는 다음과 같이 말한다.

> 사람의 기본적 가치의식, 그 권한의식— 이런 것 때문에 질주
> 하고 저돌하고 향수하고 원시회귀하는 시인들의 한때가 왔다.
> …(중략)… 김동리의 여하한 남루도 다 벗어버린, 영원만 가진
> 자로서의 늠름한 향수, 오장환의 저돌과 피상(被傷)과 육성의 통
> 곡, 유치환의 원시생명에의 회구 …(중략)… 이런 것들은 사람의
> 값을 다시 한 번 가장 근원적인 것으로 성찰하기 시작한 점에서
> 는 일치하는 것이라고 본다.13)

이처럼 1930년대 후기 <인생파> 시인들은 <인간에의
회귀>를 지향하는 모습으로 나타났는데, 다소 도식적인
관점이긴 하지만 그것은 모더니스트들이 졸렌의 대립항으
로 파악하여 거부했던 자인의 세계로 다시 침잠했음을 의
미한다. 따라서 필연적으로 그들의 시에서는 인간의 존재
와 운명 등이 짙은 주관적 색채로 그려지게 되는데 그 양상
은 시인들을 두고 사뭇 다르게 나타난다.

(2) 문제의 제기

청마 유치환은 1931년 12월호 ≪문예월간≫에 「정적」

고 있다.
13) 서정주, 위의 책, 22~23쪽.

이라는 작품을 발표함으로써 문단에 데뷔한 것으로 되어 있다.14)

이후 그는 <인생파>의 한 대표적 시인으로서 1967년 9월 교통사고로 타계할 때까지 십여 권의 저작을 남기며 왕성한 시작활동을 보여 주었다.

유치환의 시의 세계를 이해하고자 할 때 우리는 그냥 지나쳐버릴 수 없는 묘한 아이러니를 발견하게 되는데 그것은 곧 시인 자신이 누차 밝히고 있는 '나는 시인이 아니다' 라는 발언이다.

> 나는 시인이 아닙니다. 만약 나를 시인으로 친다면 그것은 분류학자의 독단과 취미에 맡길 수밖에 없는 것이요 어찌 사슴이 초식동물이 되려고 앨 써 풀잎을 씹고 있겠습니까.15)

이러한 그의 발언이 의미하고 있는 것은 심상치 않은 것으로서 매우 세심한 주목을 요한다. 그것은 곧 시를 언어의 예술로 인식하고 <제작되어지는 것>으로 정의되는 현대시의 적극적인 방법론에 대척되는 위치를 스스로 선언하고 확보하는 것이기 때문이다. 그 때문에 그는 또한 다음과 같

---

14) 김용성, 『한국 현대문학사 탐방』, 국민서관, 1974, 부록 참조.
15) 유치환, 『생명의 서』, 행문사, 1947, 서문에서.

은 말을 서슴지 않는 것인지도 모른다.

> 사실로 나는 시를 쓰기 위해서 방법을 골몰하여 연구한다든
> 지 이론을 따진다든지 하기에는 나의 인생의 발밑이 항상 너무
> 나 중요했고 거기에서 나의 몸짓과 관심을 다른 무엇으로 돌리
> 기에는 너무나 시간이 애석한 것입니다.16)

이러한 그의 발언은 필연적으로 "진실한 시는 마침내 시
가 아니어도 좋다"라는 매우 극단적이고 역설적인 진술을
낳게 한다.17)

우리는 여기서 유치환 시의 세계를 규지할 수 있는 두 개
의 단서를 발견하게 되는데 그것은 다음과 같다.

첫째, 시의 방법을 생각하기 보다는 '인생의 발밑'이 중요
하다는 것은 궁극적으로 어떤 의미를 내포하게 되는가.

둘째, 마침내 시가 아니어도 좋다는 '진실한 시'는 결국
어떤 방법을 요구하는가.

첫째의 '인생의 발밑'이 뜻하는 궁극적 의미는 다음 두 가
지로 해석이 가능하다. 첫째는 현존재의 존재론적 근거로
서의 <심연>이요, 둘째는 대타존재가 운명적으로 처하게

---

16) 유치환, 『구름에 그리다』, 신흥출판사, 1959, 30쪽.
17) 위의 책, 148쪽.

되는 사회의 현실적 상황과 자연이다.

둘째의 '진실한 시'의 내용이란 첫째의 '인생의 발밑'에서 파악한 인간을 바라보는 관념 내지는 사상에 다름 아니며, 이에 상응하는 시적 방법 또는 형식이란 당연한 결과로서 언어의 외연(denotation)에 의지하는, 표현(expression)이 아닌 진술(statement)을 의미하게 된다.

이리하여 유치환은 그의 시에서 "인생에 대한 사상의 적용"[18]을 하기도 하고, 때로는 사회 현실에 대해 준열한 비판을 하면서 사색과 구도적인 자세를 견지하고 30여 년 동안의 시작생활을 통하여 한결같은 목소리로 노래하게 된다.

이러한 유치환의 비자율성적 시관이라 할 수 있는 외재적 가치(external canons)의 치중과 <인생을 위한 시>의 지향은 평자들로부터 '비시적 특성'[19]이라든지, '형이상학적'[20]이라는 규정을 받게 된다.

그러면 그의 형이상학이 발견한 존재의 근거는 무엇인

---

18) Matthew Arnold, Wordsworth, *Essays in Criticism*: second series, Macmillan, 1905, p.140. "인생에 대한 숭고하고도 심원한 사상의 적용은 시적 위대성의 가장 본질적인 부분이다(The noble and profound application of ideas to life is the most essential part of poetic greatness)." 최재서, 『문학원론』, 춘조사, 1960, 252쪽 재인용.
19) 김상옥, 「비시적 특성」, ≪현대문학≫ 통권 148, 1967.4, 72쪽.
20) 김춘수, 「청마의 시와 미당의 시」, 위의 책, 통권 149, 1967.5, 54쪽.

가. 그는 그것을 <허무>라는 말로 표현한다. 그러나 아직까지 이 유치환의 <허무>가 갖는 시적 본질에 대해서는 확연하게 규명이 되지 않고 있다.

또한 그의 30여 년의 시작과정에 있어서 눈에 뜨일 만한 시적 변모도 없이 작품 세계가 일관성을 유지하고 있다는 사실에 대해서도 깊이 천착한 흔적을 발견할 수가 없다. 필자가 볼 수 있었던 10여 편의 유치환론은 대개가 피상적인 단평으로 취급될 그런 것들이었다. 다만 주목할 만한 두 편의 논문은 문덕수의 「청마 유치환론」21)과 김윤식의 「유치환론」22)이었다.

그러나 전자는 짐멜(Georg Simmel)의 생철학과 니체의 사상을 무리하게 원용한 결과로 난삽한 철학적 에세이로 떨어질 염려가 있다는 점에서, 후자는 환경론적인 해석의 지나친 결과로 다소 도식적인 점을 면할 수 없다는 점에서 일고의 비판적 여지를 남기고 있다. 그럼에도 불구하고 전자에서는 청마 시의 원형적 대립을 극명하게 밝혔다는 점과, 후자에서는 청마의 자학적 시정신의 원인을 드러내 주었다는 점에서 다 같이 주목에 값한다.

지금까지 살펴본 것들을 종합하여 생각할 때 이 글의 논

---

21) 위의 책, 통권 35~41(1957.11~1958.5).
22) 《현대시학》 2권, 10~11호(1970.9~10).

지와 방향은 다음의 몇 가지로 항목화할 수 있다.

1. 유치환의 작품 세계의 일관성은 <시와 사상의 신념>이
   라는 관계 위에서 고찰할 수 있다.
2. <진실한 시>로 규정된 유치환의 관념시가 갖는 한계는
   무엇인가.
3. 그의 <허무>의 본질은 무엇이며 그것은 시적 상상력 안
   에서 어떠한 역동성을 갖는가.
4. 대타적 존재가 갖게 되는 현실에 대한 태도는 어떠한 양상
   으로 부각되며 자연에 대한 구경적 자세는 어떻게 처리되
   는가.

이 글은 위의 4가지 문제를 중심으로 하면서 그에 대한
응답을 마련하기 위해 예증되는 작품들을 분석하며 전개
된다.

2. 자벌기구의 시학

서론에서도 밝힌 바와 같이 청마의 작품 세계는 뚜렷한
시적 변모 과정을 겪지 않은 채 한결 같은 목소리로 일관하
고 있다는 특징을 가지고 있다.

그러나 이 말은 작품 세계의 특성이 단일하다는 의미는

물론 아니다. 청마의 시세계의 내오를 밝혀 줄 수 있을지도 모르는 이러한 특성은, 곧 그의 작품이 내포하는 미묘한 여러 가지의 특성이 한 시기를 구획 짓지 못하고 동시적인 복합상으로, 때로는 한 시기에 서로 다른 특성이 상호 조응하는 모양으로 나타나고 있음을 뜻하는 것이다.

이 점은 동시대에 같이 활동했고 또 크게 보아 <생명파>라는 이름으로 동일한 시적 발상을 보였던 미당 서정주와 비교하여 볼 때 선명한 모습으로 드러난다. 서정주는 초기에 보이던 탐미적 육체주의의 생체험에서 동양인의 지밀한 정서와 불교적 세계를 거쳐 신라의 하늘에 마음을 두기까지 그때그때 선명한 도약점을 가지고 있다.

한 시인을 연구하면서 그 시세계의 변모 과정이나 특성들을 몇 개의 패턴으로 또는 시기로 형식화할 수 있을 때에 그 총체적 의미관련이 비교적 명료하고 용이하게 파악될 수 있다고 한다면 이러한 청마의 특성 앞에서 우리는 매우 난처한 입장에 놓이게 된다. 이러한 양상은 앞에서 제기한 바 있는 <사상과 신념>이라는 문제 이외에 보다 더 중요한 의미의 핵을 이루고 있는 듯이 보인다.

우선 하나의 방법론으로 다음과 같은 의문을 제기해 보는 것은 논리의 전개상 유익하다. 즉 청마의 상상력과 직관이 표출해 내고 있는 세계는 변화의 에너지를 장악하고 있는, 그러므로 그 자체는 변하지 않는 생명과 세계의 원형상, 즉 생명과 세계가 발원된 원초적 고향과 같은 원형적 형상, 또는 원상(原狀)이 아닌가 하는 물음이다.

이제 이 물음을 염두에 두면서 "남성 콤플렉스(male-complex) 의 시세계"23)로 평가되기도 하는 그의 초기의 시편들을 살펴 보기로 한다.

청마의 초기 시편들, 즉 1941년 간행된 『청마시초』로부터 『생명의 서』까지의 작품들을 보면 위에서 이야기한 그의 작 품 특성의 일관성과 함께 비교적 지속되고 있는 방법적 특성 이 발견되는데 그것은 아마도 시인이 활동하던 그 시기의 시 대적 환경의 영향이 크리라고 본다. 문학의 연구에 있어서 문학의 선행 조건을 인과적으로 중시한 나머지 이른바 발생 적 오류(the fallacy of origins)를 범하지만 않는다면 문학이 생산 되어 온 그 시대적 배경 또는 환경을 참조하는 것은 가장 오 래되고 믿을 수 있는 확실한 방법이라고 할 수 있다.24)

---

23) 김윤식, 앞의 글, 103쪽.
24) Rene Wellek & Austin Warren, *Theory of Literature,* A Harvest Book: New York, 1956, p.60. "문학이 생산되어 온 그 환경을 올바르게 아는 것으로 해서 문학이 크게 해명되어 왔다고 하는 것은 아무도 부정할 수 없다. 이러한 연구의 해석상의 가치는 의심할 여지가 없는 것이다. 그러나 인과적인 연구가 문예작품과 같은 것의 해설, 분석 및 가치평가라고 하는 여러 가지 문제를 결코 해결할 수 없는 것은 분명하다(Nobody can deny that much light has been thrown on literature by a proper

『청마시초』와 『생명의 서』 두 권의 시집에 수록되어 있는 시편들의 제작 연대는 「정적」이 발표된 때로부터 기산하여 시집 간행 연도를 고려한다면 1931년부터 1947년까지로 계산된다. 해방 후 두 해 동안을 제외한다면 이 시기는 바로 우리 민족 역사의 가장 암울했던 시기임을 알 수 있다. 그리고 사실상 『생명의 서』가 해방 후 출간은 되었지만 작품들의 태반이 이 암흑의 시기에 쓰여진 것들이다. 이 어두웠던 절망의 시대적 환경이 그의 시의 방법적 특성에 어떤 모양으로 의미 관련을 맺고 있는지 살펴보기로 한다.

우선 이 시대를 어떻게 바라보았으며 또 어떻게 대처했던가 하는 것을 시인 자신의 진술을 통해 들어보자.

그 질식할 일제 질곡의 하늘 아래에선 한 시간을 경과하면 경과할수록 우리는 다시 헤어날 수 없는 구렁으로 나떨어질 뿐 아니라 그 누구가 인간으로서의 그의 인생에 희망을 건다든지 설계를 가진다든지 하는 것은 곧 가증한 원수인 일제 앞에 자기를 노예로 자인하고 그들에게 개 같이 아유구용하는 길 밖에는 있을 수 없는 일이었으니 그러므로 그 시기에 있어서는 적으나마

knowledge of the conditions under which it has been produced; the exegetical value of such a study seems indubitable. Yet it is clear that causal study can never dispose of problems of description, analysis, and evaluation of an object such as a work of literary art)."

겨레로서의 자의식을 잃지 않은 자라면 원수에 대한 가열한 반
항의 길로 자기의 신명을 내던지든지 아니면 희망도 의욕도 죄
버리고 한갓 반편으로 그 굴욕에 젖어 살아가는 두 가지 길 밖에
없었던 것입니다.25)

이렇게 그는 그 시대의 현실을 질식할 것 같은 '질곡의 하
늘'로, 또는 '헤어날 수 없는 구렁'으로 인식하고 있다. 그러
면서 그러한 상황을 극복하는 길로써 '원수에 대한 가열한
반항의 길'과 '굴욕에 젖어 사는 길'의 두 가지 삶의 태도를
제시한다.
이 두 가지 선택의 길목에서 그러나 청마는 다음 인용문
에서 보듯 '비굴하게도 후자의 길'을 택한다.

그 비굴한 후자의 길에서나마 나는 나대로의 인생을 값없이
헛되게는 버리지 않으려고 나대로의 길을 찾아서 걸어가기에
고독한 노력을 아끼지 않았던 것입니다.26)

우리는 여기서 유치환 초기 시의 방법적 특성을 조명할
수 있는 두 개의 지표를 발견하게 되는데 그것은 곧 '나대로
의 길'과 '고독한 노력'이라는 표현이다. '나대로의 길'이란

---

25) 유치환, 앞의 책, 22쪽.
26) 위의 책, 같은 쪽.

무엇이며 그것은 왜 '고독한 노력'이 되는가. 이 시기의 작품은 좀 더 그 의미의 속뜻을 선명하게 드러내게 될 것이다.

내 죽으면 한 개 바위가 되리라.
아예 애련(愛憐)에 물들지 않고
희로(喜怒)에 움직이지 않고
비와 바람에 깎이는 대로
억년 비정(非情)의 함묵(緘黙)에
안으로 안으로만 채찍질하여
드디어 생명도 망각하고
흐르는 구름
머언 원뢰(遠雷).
꿈꾸어도 노래하지 않고
두 쪽으로 깨뜨려져도
소리하지 않는 바위가 되리라.

— 「바위」 전문

'바위'라는 이 비정한 광물질의 비유적 언표(metaphorical image)가 갖는 서정적 연속성은 이 시를 이해하는 데 있어서 심장한 중핵적 요소를 이룬다고 할 수 있다. '바위'의 공감대적 속성은 거칠게 요약해서 <비극적 자기 망각>, <원시적인 군건함>으로 대표된다고 할 수 있다. 이 시에서 화자가 '내 죽으면 한 개 바위가 되리라' 하고 말하고 있는데,

이 비원은 바로 자기 망각과 원시적 군건함을 지향하고 있다는 것에 다름 아니다. 자기 망각과 원시적 군건함을 지향하는 까닭은 현세 또는 현실에서의 생명의 실현, 즉 삶의 과정이 시에 표현된 대로 <애련>에 물들고 <회로>에 부대끼는 분열과 갈등의 고통스러운 상황이기 때문이다.

따라서 '드디어 생명도 망각하고'라는 구절의 의미는 죽음 또는 생명의 소실이 아니라 <애련>과 <회로>에 부대끼는 현실적 삶의 고통으로부터 벗어나고자 하는 희원의 표현이기 때문에 직관의 치열성이 획득한 가장 눈부신 생명의 개현으로 이해된다. 그 눈부신 생명의 개현은 다름 아닌 생명의 원초적 고향 즉 생명의 원형상의 개현이다. 따라서 그 역설적인 눈부신 생명으로 돌아가려는 의지가 바로 <원시적인 군건함>이며 <비극적 자기 망각>이기도 한 것이다.

그러나 이러한 생명 의지는 원초적 욕망이거나 상상의 운동일 뿐 현실적으로 이루어질 수 없다는 점에서 비극적인 자기모순을 운명적으로 내포하게 된다. 이러한 원시적 생명에의 의지를 끝까지 추구하기 위해서는 모든 현실의 구속력이 무너져야 하며 마침내는 존재 근거인 세계의 부정까지도 불사하지 않으면 안 될 것이다.[27] 그러나 그것은

---

27) 여기서 <세계의 부정>이란 용어는 <세계내존재>로서의 존재구조의 부정을 뜻한다. 따라서 신을 포함하여 사회규범과 문화체계와 모든 권

불가능한 일이다. 왜냐하면 그것은 불가항력적인 존재구조의 양식 때문이다.

그러나 비극적 자기모순을 처음부터 안고 있는 이러한 생명 의지는 세계의 부정을 결코 포기하지 않는다. 세계의 부정은 부정하는 의지적 적극성의 측면에서 본다면 생명 의지라고 볼 수 있지만 그 부정을 의지의 소극성에서 본다면 결국 니힐리즘과 표리를 이루는 것에 다름 아니다. 이런 의미로는 청마의 시가 "니이체적 생체험이며 서구 근대의 퇴폐적인 생체험이기도 하고 서구 근대적 허무주의의 체험"28)이라고 해석할 수도 있을 것이다.

「바위」가 보여주는 이러한 비극적 생명 의지가 불가능한 <세계의 부정>에 부딪칠 때 그것은 결국 어떤 방법을 취할 수밖에 없는가. 그것은 다름 아닌 '안으로 안으로만 채찍질'을 하는 방법을 선택할 수밖에 없는 것이다.

외향적인 <세계의 부정>이 불가능할 때 동력의 방향은 내향적일 수밖에 없다. 더구나 당시의 현실적 상황은 이러한 원시적 생명 의지가 아니라 하더라도 <밖으로의> 생명 발현은 좌절될 수밖에 없었던 암담하고 핍박한 식민지 시대였던 것이다. 이 점은 1920년대의 한국시 전반에 걸친

위에 대한 부정이란 뜻으로 사용한다.
28) 김춘수, 『시론』, 송원문화사, 1974, 99쪽.

<동굴> 이미지가 잘 웅변해 주고 있다.

그리하여 청마는 <안으로>의 길을 택하였으며 그러기 때문에 그것은 앞에서 본 바와 같이 '나대로의 길'이며, 동시에 '고독한 노력'이 되는 것이다.

이 '안으로 안으로만 채찍질'을 한다는 것이 의미하는 매저키즘의 시적 발상을 필자는 자벌기구(自罰機構, self-punishment machanism)의 시학으로 파악한다.[29] 이러한 자벌기구의 증상인 자학적 목소리는 청마 초기시의 전반을 흐르고 있는 특성으로서 평자들로 하여금 '웅혼, 심각, 비장 등의 남성적 시풍'[30]이라거나, 또는 '대가의 풍격'[31]이라는 찬사를 던지게 하는데, 그러나 이러한 매저키즘의 시적 발상을 두고 그와 같은 피상적이고 단정적인 찬사를 하는 것은 설득력이 닿지 못할 뿐만 아니라 유독 청마의 시에서만 이런 발상을 보는 것은 아니다.

이 매저키즘의 정신 구조는 아마도 한국인의 의식 속에 미묘하게 침전되어 있는 역사적 산물로 보이는데 그러한 일례로 정몽주의 '이 몸이 죽고 죽어'로 시작되는 시조는 그

---

29) 이 용어는 정신 심리학의 용어로서 지나치게 양심적이고자 할 때 생기는 자학증상의 일종이며 또한 결벽성이 유발하는 신경증후를 뜻한다. 『심리학 소사전』, 민중서관, 1969.

30) 김동리, 앞의 책, 228쪽.

31) 김종길, 『시론』, 탐구당, 1965, 57쪽.

러한 발상의 대표적인 예가 될 것이다. 또한 송욱도 지적하고 있듯이 김동명의 「내 마음」이란 작품도 미약하나마 그러한 자학적 발상을 보이고 있으며,[32] 「만전춘별사」를 비롯한 고려가요 대부분은 특수하게 여성적으로 처리되었지만 매저키즘의 시적 발상이 보편적인 것으로 되어 있음은 새삼스러운 것이 못된다.

지금까지 살펴본 바를 요약하면 다음과 같다.

1. 청마의 시세계가 일관성을 띤다는 의미는 그 추구하는 바가 생명과 세계의 원형상인 까닭으로 보인다.
2. 초기시에 나타나는 매저키즘의 시적 방법은 두 가지 면에서 원인을 발견할 수 있는데 첫째는 원시 생명의 추구가 불가능한 세계 부정에 부딪칠 때 발생하는 것이며, 둘째는 첫째의 원시 생명의 추구를 강화시킬 수밖에 없었던 식민지적 시대 상황의 외부적 조건이 그것이다.

위의 1은 2의 첫째와 의미 관련이 맺어지면서 무엇이 그로 하여금 그토록 일관되게 원시 생명의 추구로 이끄는가 하는 새로운 문제를 낳는다. 이 점은 앞에서 이미 말한 바와 같이 현실적 생명 실현의 고통으로부터 벗어나고자 하는 데에서 비롯하는 것이지만, 또 다른 측면에서 보자면 소박

---

32) 송욱, 앞의 책, 300쪽.

하나마 그의 직관이 성립되는 다소 낭만적이고 이상주의적인 성격(character) 때문이 아닌가 생각된다. 이 해석이 보다 근원적인데 왜냐하면 청마의 생명의 원형 추구라는 주제는 작품 전반에 시종 일관되기 때문이다.

성격에 대해서는 작품 전반의 변함없는 원형상의 추구와 관련지어 고려할 때 다음과 같은 허버트 리이드의 주목할 만한 발언이 크게 참조된다.

> 성격(character)이라고 하는 말은 새겨진 기호, 즉 구분되는 부호라는 의미를 가진 그리이스어에서 유래한 것이다. 일반적 용법으로는 어떤 틀이 잡힌 인간, 든든하고 변함없는 믿음직한 인간이란 뜻을 가지고 있다. …(중략)… 뮌스터어베르크의 정의를 전형적인 것으로 인용할 수 있겠는데 그는 성격이라고 하는 것은 선택된 모티브를 평생 동안 지배하는 힘이라고 말하고 있다.[33]

다음, 식민지라는 시대적 상황이 원시 생명의 추구에 어떻게 작용하고 있는가 하는 것은 청마 자신의 진술로써 확연해진다.

---

33) 허버트 리이드, 범대순 역, 「시인의 개성」, 『현대영미시론』, 을유문화사, 1974, 149쪽.

슬픈 겨레로서 유일한 희망의 길은 아무리한 원수의 박해 아
래에서도 굴하지 않고 끝까지 견딜 일이니 그러한 강인하고 줄
기찬 야성적 생명력을 잃지 않도록 겨레를 채찍질하여야 된다
는 것이었습니다.[34]

　원수인 일제의 박해 아래에서 굴하지 않고 끝까지 살아
남기 위하여서는 줄기찬 야성적 생명력을 잃지 않아야겠다
는, 일견 소박하나마 민중의 삶이, 또한 민족의 명맥이 험한
역사의 와중을 어떻게 헤쳐 나가야 하는가에 대해서 적절
하게 표현하고 있다.
　작품 「송가」는 어두운 시대를 건디는 원시적 생명 의지
가 어떻게 시적 차원에서 그 보편성을 획득하는가에 대한
설득력 있는 표현이다.

　　　쫓기인 카인처럼
　　　저희 오오래 어두운 슬픔에 태어났으되
　　　어찌 이 환난을 짐승이 되어선들
　　　겪어나지 못하료.
　　　저 먼 새벽날 미개의 종족이
　　　어느 암상에 활과 살을 팔짱에 끼고 서서
　　　크낙한 향료인 양 자운 속에 밝아오는 연만(連巒)을 우러러
　　　염원하여 저들의 융성을 맹세하고 여기 만년

---

34) 유치환, 앞의 책, 24쪽.

일월성신은 저희와 함께 있었고
풍상은 오로지 좋은 시련이 되었거늘
오늘 쓰라린 인고의 울혈 속에 오히려 맥맥히
그 정정하던 저희 발상(發祥)의 거룩한 피를 기억하고
그날 산(山)전에 유량히 노래하던 야성의 교망(翹望)이
저희의 귀에 다시금 메아리처럼 새로웁다.

-「송가」 일부

　　어두운 시대의 환난을 짐승이 되어서라도 겪어나야 하는 민족의 시련을 그는 일월성신과 더불어 풍상의 시련을 겪던 미개 종족의 체험으로 어렵게 치환하고 있다.

　　이제 남은 문제는 위의 2의 둘째 항으로 제시된 식민지적 시대 상황이 어떻게 해서 원시 생명의 추구라는 시적 주제를 매저키즘의 방법으로 몰고 가는가에 대한 해명이다. 논지를 선명히 드러내기 위해서 번거롭지만 다시 한번 요약하면, 청마시의 주제인 원시 생명 추구는 현실적 고통으로부터 벗어나고자 하는 비원과 그의 성격, 그리고 짐승이 되어서라도 살아남아야 할 절박한 시대적 환경이 결정한 것이며, 그 시적 방법으로 취택한 매저키즘은 세계의 부정을 포기하지 않는 생명 의지의 자기 모순적 결과와 식민지적 시대 상황이 결정한 것인데, 이제 후자의 작용태를 살펴보자는 것이다.

앞에서도 밝힌 바와 같이 '원수에 대한 가열한 반항의 길'과 '굴욕에 젖어 사는 길'로 대표되는 식민지 시대의 삶의 양식 중 청마는 후자의 길을 택하였던 것이다. 후자의 길을 택하였다는 사실은 벌써 이 시기에 적으나마 겨레로서의 자의식을 잃지 않은 자라면 쓰라린 자기 회한의 길로 들어섰음을 의미하는 것이다.

그래서 청마는 다음과 같이 말하고 있다.

> 나는 기위 차단된 인생에 있어서 그래도 남겨진 목숨은 어떠한 한이 있더라도 반드시 한이 남지 않도록 쓰고자 스스로 기약했던 것입니다. 그러함에는 무엇보다 내가 한번 하고자 사고한 일에 끝까지 충실하는 길 밖에 없다고 확신하고 스스로 이해하려 했던 것입니다.[35]

청마의 이 원수에 대한 가열한 반항의 길로 신명을 던지지 못한 자기 회한은 드디어 만주로의 탈출을 감행하고, 살벌한 북만주의 벌판에서 그는 원수에 대한 반항의 길로 신명을 던진 자에 등가되는 대치물을 발견하기 위하여 가혹한 자기 학대를 시작한다. 그러나 그러한 대치물이란 애초에 없는 것이며 따라서 결과적으로는 가혹한 자기 학대 그 자체가 대치물로 환원되고 만다.

---

35) 위의 책, 같은 쪽.

홍안령 가까운 북변의
이 광막한 벌판 끝에 와서
죽어도 뉘우치지 않으려는 마음 위에
오늘은 이레째 암수(暗愁)의 비 내리고
내 망나니에 본받아
화툿장을 뒤치고
담배를 눌러 꺼도
마음은 끝없이 울리노니
아아 이는 다시 나를 과실(過失)함이러뇨.
이미 온갖 것을 저버리고
사람도 나도 접어주지 않으려는 이 자학의 길에
내 열 번 패망의 인생을 버려도 좋으련만
아아 이 회오의 앓음을 어디에 호읍할 곳 없어
말없이 자리를 일어나와 문을 열고 서면
나의 탈주할 사념의 하늘도 보이지 않고
정거장도 이백 리 밖
암담한 진창에 갇힌 철벽 같은 절망의 광야!

―「광야에 와서」 전문

　'화툿장을 뒤치고 / 담배를 눌러 꺼도 / 마음은 속으로 끝
없이 울리노니' 라는 회오의 감정은 '정거장도 이백 리 밖'
이라는 뼈아픈 공간 인식과 겹쳐지면서 처절한 미학을 드
러내주고 있다. 또한 마지막 행의 감탄부호를 포함한 생략
(ellipsis)은 이백 리의 거리감과 조응하면서 자기 위치가 갖는

진창의 깊이를 심화하고 있다.

이런 가혹한 자기 회한은 자연스럽게 "청마의 출발점이며 그 위대성이며 한국시사의 영광의 한 공간이 아니었을까"[36] 라는 가치 규정을 불러내기도 한다. 미상불 신명을 역사 속에 던진 자로 이해되는 육사의 시와 비교해 볼 때 양자의 정신의 가열성은 비슷한 발상을 보이고 있는 게 사실이다.

어쨌든 그는 회한을 씻기 위해 생명에 대한 극단적인 학대를 계속한다. 그러나 이 경우 학대란 사실상 생명의 궁극적인 추구와 표리를 이루는 이율배반(antinomy)에 불과하다.

나의 지식이 독한 회의를 구하지 못하고
내 또한 삶의 애증을 다 짐 지지 못하여
병든 나무처럼 생명이 부대낄 때
저 머나먼 아라비아의 사막으로 나는 가자.

거기는 한 번 뜬 백일이 불사신 같이 작열하고
일체가 모래 속에 사멸한 영겁의 허적(虛寂)에
오직 아라의 신만이
밤마다 고민하고 방황하는 열사의 끝.

그 열렬한 고독 가운데
옷자락을 나부끼고 호을로 서면

---

36) 김윤식, 앞의 책, 100쪽.

운명처럼 반드시 「나」와 대면케 될지니
하여 「나」란 나의 생명이란
그 원시의 본연한 자태를 다시 배우지 못하거든
차라리 나는 어느 사구에 회한 없는 백골을 쪼이리라.

－「생명의 서」 전문

　자학이 여기까지 오면 차라리 역사 속에 신명을 던진 자
의 가열성을 압도하고도 남음이 있다. 원시적 생명의 추구,
즉 안티노미로서의 학대는 드디어 비정적이며 비생명적인
것에 극렬한 대립을 이룬다. 비정과 비생명은 역으로 생명
의 본질을 선명히 드러내주기 때문이다. '아라비아의 사막'
으로 표현되는 은유적 심상은 바로 세계의 부정으로 상정
되는 비정의 원시상이 아닐 수 없다.
　'그 열렬한 고독 가운데 / 옷자락을 나부끼고 호을로 서'
있는 「나」란 자기 회한을 짐진 자이며, '운명처럼 대면케
되는' 「나」란 <애련>에 물들지 않고 <희로>에 움직이지
않으며 회한에 떨지 않는 궁극적이고 프리미티브한 자아를
뜻한다. 이것을 본래의 자아와 일상적인 자아의 대립으로
보는 견해가[37) 제기되어 있으나 결국 의미의 굴절은 동가
이다. 전자의 「나」는 일단 세계내의 존재이므로 당연히 세

---

37) 김윤식, 김현, 『한국문학사』, 민음사, 1973, 263쪽.

계의 부정을 통해서 나타나는 후자의 프리미티브한 자아의 적대자가 되는데, 이 전자는 점차로 애련, 불의, 규범, 죽음, 물질 등으로 확산되면서 시적 변용을 겪는다. 그리고 이 전자와 등가를 이루는 것들은 '원수'라는 범칭으로 불려지면서 대립하고 있음을 볼 수 있다.[38]

여기서 '원수'로 불려지는 것들은 모두 생명의 자유로운 실현과 그 순수성을 저해하고 왜곡하는 것들이다. 그러나 한편으로 그것들은 필요악과 같은 숙명적인 것임에 틀림없는 것이다. 애련과 평정, 정의와 불의, 규범과 무질서, 삶과 죽음, 정신과 물질 등과 같이 우리의 삶은 모든 대립적 가치의 양반제(兩半制) 위에서 영위될 수밖에 없다. 이와 같은 숙명적 존재 양식을 청마는 자각하게 되고 그리하여 점차로 청마의 시는 지금까지 지니고 있던 대결 의식과 매저키즘의 발상을 불식하게 된다.

그 대립적 위치에 어떤 대상물(代償物)이 놓여서 그런 대립이 해소되는가를 다음 시는 완곡하게 드러내주고 있다.

12월의 북만(北滿) 눈도 안 오고

---

38) 이러한 양상은 『청마시초』와 『생명의 서』에서 쉽게 발견할 수 있는데, 「소리개」, 「일월」, 「원」, 「비력의 시」, 「노한 산」 등이 그 현저한 예를 이룬다.

오직 만물을 가각(苛刻)하는 흑룡강 말라빠진 바람에 헐벗은

이 작은 가성(街城) 네거리에

비적의 머리 두 개 높이 내걸려 있나니

그 검푸른 얼굴은 말라 소년 같이 작고

반쯤 뜬 눈은

먼 한천에 모호히 저문 삭북(朔北)의 산하를 바라고 있도다.

너희 죽어 율(律)의 처단이 어떠함을 알았느뇨.

이는 사악(四惡)이 아니라

질서를 보전하려면 인명도 계구(鷄狗)와 같을 수 있도다.

혹은 너의 삶은 즉시

나의 죽음의 위협을 의미함이었으리니

힘으로써 힘을 제(除)함은 또한

먼 원시에서 이어 온 피의 법도로다.

내 이 각박한 거리를 가며

다시금 생명의 험렬(險烈)함과 그 결의를 깨닫노니

끝내 다스릴 수 없던 무뢰한 넋이여 명목하라.

아아 이 불모한 사변의 풍경 위에

하늘이여 은혜하여 눈이라도 함빡 내리고지고.

-「수(首)」 전문

청마는 시의 표현대로 '생명의 험렬함과 그 결의를 깨닫'게 된다. '질서를 보전하려면 인명도 계구와 같을 수' 있고, '혹은 너의 삶은 즉시 / 나의 죽음의 위협을 의미함'이라는 것을 그는 긍정하게 된다. 그러나 이런 표현들은 사실 가치

의 대립을 해소하는 것이 아니라 오히려 그 대립을 강화하고 있는 듯이 보인다. 그러나 이것은 대립을 적극적으로 파악하여 지양적(止揚的)인 해소를 이루고 있다고 보아야 할 것이다. 이 지양적 해소란 다름 아닌 자연의 비정한 법칙의 수용이다.39)

청마는 비로소 여기에서 세계와 생명의 절대긍정에 이르게 된 것이다. 이러한 해석을 뒷받침하는 발언을 청마는 그의 자전적 저서 『구름에 그리다』에서 다음과 같이 보여주고 있다.

> 황량한 삭북 네거리에 죄상을 적어 높이 세운 방과 함께 내어건 처참한 효수 앞에 서서 더구나 가마귀떼 같은 이방인들 속에서 그것을 바라볼 때 여기까지 쫓기어 온 나라 없는 백성인 사나이의 가슴에 다가드는 것은 과연 무엇이었겠습니까. 그것은 나를 여기까지 추격하고 나의 조국과 내게 속한 일체를 탈취하고 박해하는 나의 원수를 그로서는 정당하다고 인정 않을 수 없는 막다른 결론이었습니다. 그리고 내 자신 정당한 유일의 길은 나도 마땅히 끝까지 원수처럼 아니 원수 이상으로 굳세어야 한다는 준렬한 결의가 아닐 수 없었습니다.40)

---

39) 이러한 비정한 자연의 법칙을 미적 차원에서 우주의 조화로 표현한 시인에 초봉 남궁벽이 있는데 청마와 시적 발상에 있어서 의미 있는 비교와 대조를 이룬다.
40) 유치환, 앞의 책, 40~41쪽.

여기 보이는 청마의 절대긍정은 세계의 긍정과 부정을 함께 감당하는 자세라고 할 수 있다. 이것은 결국 페시미즘과 니힐리즘을 뛰어넘은 초연한 절대의 허무의지를 부르게 되는데 그 허무의지는 이후 그의 시세계를 일관하게 된다.

3. 허무의 본질

(1) 무(無)와 공(空)의 시세계

절대긍정이 재래케 한 청마의 허무주의는 그것이 하나의 방법론으로서 모든 인간의 권위를 거역한다는 의미에서 서구의 니힐리즘과 동궤이나 허무에 대한 자세에서 그것은 서로 미묘한 차이를 드러낸다.[41] 서구의 허무가 초극되어야 할 대상으로서 <불안한 심연의 응시>[42]로 파악되는 반면,

---

41) 니힐리즘의 어원은 라틴어 nihil(무)인데, 이 용어의 최초의 사용은, 투르게네프가 「아버지와 아들」에서 극단적인 합리주의 입장에서 모든 기성 도덕과 종교, 제도 등을 거부한다는 뜻으로 사용했다. 이후 니이체에 이르러 기성질서의 몰락을 촉진시키고 권력의지를 통하여 그것을 극복하는 적극적인 계기로 파악된다. 이 점 동양적 무와 공의 세계가 달리 하고 있으나 넓은 의미에서 같은 카테고리에 귀속된다고 볼 수 있다. 『철학사전』, 학원사, 1972.
42) 니이체는 여기서 청마의 절대긍정의 개념과 비슷한 디오니소스적 긍정

청마의 허무는 오히려 그 허무와 <행복한 화해>를 이루고 있다는 점에서 보다 더 동양적인 굴절을 겪는다.

그러므로 청마의 그것은 곧 중국의 노장사상과 불교의 공사상에 가까운 것이다. 이러한 화해로 이루어지는 허무에 대한 발상의 예는 "자연은 안으로 발현하고 인위는 밖으로 발현한다"[43]는 옛말이나, "사람의 하늘을 발휘하지 말고 하늘의 하늘을 발휘하라"[44]는 장자의 사상에서도 쉽게 볼 수 있는 것이다. 자연(무위)과 인위, 안과 밖 등이 하나로 융합되고 있다. 동서의 이러한 차이는 서양의 사상 전통이 공간적인 반면 동양의 그것이 시간적이라는 점에서 그 단서를 찾을 수 있을지도 모를 일이다.[45]

어쨌든 청마의 시세계 전반에 걸쳐서 중핵이 되고 있는 허무사상을 노장의 무와 불교적 세계관인 공사상에 조명하면서 살펴보기로 한다.

드디어 크낙한 공허이었음을 알리라.

의 결의를 보였으나 완성을 보지 못했다. 위의 책, 185~186쪽 참조.

43) "天在內 人在外" 『장자』, 현암사, 1965, 218쪽.

44) "不開人之天 開天之天" 「달생편」, 위의 책, 248쪽.

45) 송욱, 『문학평전』, 214쪽에서는 이와 반대로 서양의 사상 전통을 시간적으로, 동양의 그것을 공간적으로 보고 있는데 이는 일부를 진체로 보는 피상적 견해에 불과하다.

나의 삶은 한 떨기 이름 없이 살고 죽는 들꽃
하그리 못내 감당하여 애닯던 생애도
정처 없이 지나간 일진의 바람
수유에 멎었다 사라진 한 점 구름의 자취임을 알리라.
두 번 또 못 올 세상
둘도 없는 나의 목숨의 종언의 밤은
일월이여 나의 주검 가에 다시도 어지러이 뜨지를 말라.
억조 성좌로 찬란히 구천을 장식한 밤은
그대로 나의 크낙한 분묘.
지성하고도 은밀한 풀벌레 울음이여 너는
나의 영원한 소망의 통곡이 될지니
드디어 드디어 공허이었음을 알리라.

―「드디어 알리라」 전문

위의 시에서 삶은 '일진의 바람'이며 '사라진 한 점 구름
의 자취'라는 비유적 표현을 얻고 있는데 그것은 일반화된
불교적 인생관 즉 생사는 한 점 구름의 기멸(起滅)이라는 뜻
의 연장선에 있는 관점임을 알 수 있다.

우리는 여기서 '바람'과 '구름'을 끌어내는 '정처 없이 지
나간' '수유에 멎었다 사라진'과 같은 표현에 주목해야 한
다. 그것은 곧 존재의 가변성을 극명히 드러내면서 공성(空
性)을 예비하고 있기 때문이다. 이 공성은 '두 번 또 못 올 세
상'이란 존재의 일회성, 즉 <죽음으로의 존재>에 대한 발

상과 조응하면서 '일월이여'에서부터 '크낙한 분묘'까지 보이는 감정의 앙분 상태를 유발한다. 그러나 그 앙분은 '일월이여 …… 뜨지를 말라'고 표현한 부정명령의 반어적 성찰 (ironic contemplation)에서 보이듯이 삶의 공허를 이미 조용하게 수용하고 있는 태도이다.

'일월이여' '풀벌레 울음이여'라는 대척적 위치인 허무의 표상물46)을 두 번이나 부르고 있는 의인화의 돈호법이 암시하는 의미도 그러한 태도를 반증하고 있다. 그리하여 첫 행과 마지막 행이 보여주고 있는 침중한 체관은 상당한 설득력을 얻는다.

청마의 이러한 공관(空觀)의 시들은 언어의 지시(scientific use of language)에 의하여 평이하게 서술되고 있는 것이 특징인데 이러한 공관의 시를 김운학은 오성시(悟性詩)로 명명하면서 다음과 같이 말한다.

　　실로 참다운 오성시는 초주관에서 자유롭게 얻어지는 소재로서 그 자유로운 절도를 가지고 편이하게 시를 써 가는데 그 생명이 있다. 즉 마음에 아무런 조작 없이 보다 순박하고 생명력 있는 시를 그려 나갈 때 오성시의 계보는 시작되는 것이다.47)

---

46) 청마의 시에서 '일월'이나 '풀벌레'가 허무의 표상물로 등장하고 있는 예는 쉽게 발견할 수 있다. 「포기」, 「단장 70」, 「나는 고독하지 않다」 등이 그것들이다.

또한 청마 자신이 그 공의 사상을 직절하게 표현하고 있는데 그것들은 모두 시와 수상의 중간 위치에 자리한다고 나 해야 할 「단장」이라는 명칭이 붙은 글들이다.

> 저 허허로운 궁창을 보라. 영원히 있음이란 없음과 무엇이 다르랴.
> 나는 한 떨기 흔들리는 오랑캐꽃과 같이 영원하지 못하다.
> 그러므로 아아 눈물 나는 이 실재!

> 　　　　　　　　　　　　　　　　　　　　　　−「단장 70」

이 글을 놓고 다시 "그리고 보면 이 광대무변한 우주 가운데 허허궁창인 무 하나를 두고 그 밖에 어떤 영원한 생명이 있는 것입니까"[48]라고 청마는 묻고 있다. '영원히 있음이란 없음과 무엇이 다르랴' 하는 말은 불교 반야심경의 그 회자되는 구절 색즉시공 공즉시색(色卽是空 空卽是色)이라는 만유개공설(萬有皆空說)에 다름 아닌 것이다. '영원하지 못한 오랑캐꽃' 같기 때문에 그것은 <영원히 없음> 속에 귀속될 수밖에 없다.

이상에서 살펴본 바와 같이 청마의 절대긍정과 표리를 이

------

47) 김운학, 『삼매의 언어』, 불서보급사, 1968, 175쪽.
48) 유치환, 앞의 책, 140~141쪽.

루고 있는 공은 불교적인 것이라고도 할 수 있는 것이다. 불교의 공 사상에 대하여 김학동은 만해를 논하면서 다음과 같이 말하고 있다.

> 대승불교의 공 사상을 표현하고 있는 반야바라밀다심경은 오온개공(五蘊皆空)과 생멸정구증감(生滅淨垢增減)이 불(不)임과 근, 경, 식, 십이인연, 사제, 지, 득(根, 境, 識, 十二因緣, 四諦, 智, 得)의 무를 말하고 있는 것이다. 이와 같이 불교에 있어서 우리가 불타로 가는 길은 유와 무를 초월하는 것에 있다. 이것은 바로 공이라고도 하고 무, 불이라기도 한다. 무와 불이란 일반적인 유와 무를 초월한 절대 무, 불의 경지를 말함인 것이다. 이 때문에 불교에서의 진리는 무와 불의 부정적인 전제로 밖에는 표현할 수 없다. 불교에 있어서 긍정의 대전제는 근본적 부정(공)의 입장이 되고 있는 것이다.[49]

불교의 공관도 역시 절대긍정과 표리를 이루고 있음은 청마의 경우와 동일한 것임을 알 수 있는데 이러한 공은 또한 노자 사상의 핵심을 이루는 도(道)와 상통한다. 노자는 『도덕경』에서 도가 바로 허(虛)임을 말하고[50] 무명이 만

---

49) 김학동, 앞의 책, 61쪽.
50) 『도덕경』, 제4장. "도는 텅 빈 그릇과 같다. 그러나 거기에서 얼마든지 퍼내서 사용할 수 있다. 또 언제나 넘치는 일이 없다. 깊고 멀어서 천지 만물의 근원을 이루고 있는 것 같다(道沖而用之 惑不盈 淵兮似萬物之宗)."

물의 시원이 된다고 한다.51) 그리고 또 다음과 같이 비유적으로 말하기도 한다.

　　진흙을 이겨서 질그릇을 만든다. 그러나 그 내면에 아무것도 없는 빈 부분이 있기 때문에 그릇으로서의 구실을 할 수 있는 것이다.52)

　유의 가치는 무의 구실로서 다할 수 있다는 뜻인데 불교의 공성과 직결되고 있음을 알 수 있다.
　청마의 시에 나타나고 있는 이 무와 공의 세계는 그의 많은 시편들에서 두 개의 시적 구조로 표출되고 있음을 산견할 수 있는데 하나는 그 허무 속에 입명하여 일체감을 주는 수상류(隨想流)의 그것이요, 둘은 허무를 직시하므로 야기되는 자아분열의 위기감이 그것이다. 물론 시로서는 후자에 속한 것들이 보다 강력한 시적 감동력을 유발한다. 그러나 청마의 형이상에 대한 경도로 인하여 또는 그의 시관인 '진실한 시는 시가 아니어도 좋다'라는 관점 때문에 전자의 작

---

51) 위의 책, 제1장. "말로 표현할 수 있는 도는 영원불변의 도가 아니다. 이름을 붙일 수 있는 이름은 영원불변의 이름이 아니다. 이름 없는 것은 천지의 처음이고, 이름 있는 것은 만물의 어머니다(道可道非常道 名可名非常名 無名天地之始 有名萬物之母)."
52) 위의 책, 제11장. "埏埴以爲器 當其無 有器之用"

품들이 압도적으로 많음은 오히려 당연한 일인지도 모른다.

이러한 그의 시적 경향에 대하여 박두진은 다음과 같이 말하고 있다.

> 허무를 인격화하고 끊임없는 힐문의 대상으로 하고 있는 데
> 에 바로 치환다운 시적 의욕의 비밀이 있다. 일체의 소조(所肇)
> 와 그 궁극을 무로 돌릴 수 있을 때는 그는 이미 시가 필요가 없
> 을 것이기 때문이다. 무의 인격화는 곧 치환에게는 신의 긍정이
> 요 생명의 긍정이기 때문이다.[53]

위에서 말한 두 가지 시적 양상을 이루는 단적인 예를 들어보자.

> (1) 차라리 허허로운 하늘을 찾아 교외로 가자. 거기엔들 무슨
> 소간 있으랴마는 오직 인생이 이미 무위하므로 오가는 구
> 름 흐르는 물의 행지(行止)를 바라보며 나를 다시 헤아리
> 려 함이거니 총총히 인가를 벗어나 푸른 전원이 펼쳐진 길
> 을 나의 반려의 이끄는 대로 지향 없이 갈 양이면 하마 그
> 매연과 매리(罵詈)에서 서느로이 놓여난 높푸른 하늘 아래
> 한 떨기 푸새 한 마리 벌레마저 한결같은 그들의 생을 표
> 표히 누리고 있음을 보나니……

---

53) 박두진,『한국현대시론』, 일조각, 1971, 300쪽.

(2)　나를 초청한 시간이여.
　　　너마저 피신하고 부재한 광장에
　　　나만 혼자 불청객의 꼴로
　　　이렇게 초라하니 나타나 있다.
　　　어디로 돌아가야 하는 거냐
　　　어디메 물러갈 길은 있느냐
　　　이렇게 허백 속에 포착해 두고
　　　나의 소작을 지켜보는 너는 누구냐
　　　그리하여 그것으로 다시 나를 책임 물으려는 거냐

　　　아아 내게 보이누나
　　　눈부신 백금 속 빛 각광 속에 한 마리 부나빈 양
　　　나 혼자만이누나!
　　　내가 보이누나!

　(1)은 「단장」의 일절이며 (2)는 「내가 보인다」의 부분이
다. (1)은 허무와 무위 속에 입명한 경지를 노래한다. 아무
런 시적 긴장도 없이 그것은 숨가쁘게 이어지는 산문 속에
서 겨우 의미의 지속을 보이고 있을 뿐이다. 이것은 에즈라
파운드가 말하는 논리시(logopoeia)에도 미치지 못하는 일종
의 수상이라고 보는 것이 타당할 것이다. 말하자면 어떤 사
상의 주관적 진술에 불과하다. 그러나 (2)의 경우는 허무의
응시로 하여 생기는 시적 긴장을 훌륭하게 보여주고 있다.
그것은 '눈부신 백금 속 빛 각광 속에 한 마리 부나빈 양'이

라는 일절의 뛰어난 시상화(visualization)로써 획득한 바 자아
분열이다. '백금 속 빛'이란 모든 은폐성을 벗겨버린 존재의
눈부신 개시에 다름 아니며 그것은 자아분열이라는 긴장체
계(crystallization)를 완성하는 데 근거를 마련해 주고 있다. 이
러한 존재의 심연인 허무 안에서의 자아분열은 청마의 시
를 더욱 생동감으로 이끌어 주는데 이 계열에 속하는 작품
으로는 「낮 석 점」, 「A와 A」, 「대공 사격 연습」 등이 그것
들이다.

(2) 모태회귀와 정적의 지향

위에서 살펴본 무와 공이 청마의 시적 상상력 안에서 어
떤 역동적인 모티브를 갖게 되는가. 청마시의 해명에 있어
서, 실로 그가 일생을 통하여 추구하고 사색한 바의 허무의
해명에 있어서, 그것의 일반론적인 의미 규정보다는 시적
차원에서 그것의 역동성이야말로 보다 본질적인 접근이 될
것이다.

그러나 이러한 방법은 정신분석학적 도식성을 어느 정도
감수하지 않으면 안된다는 결점을 지니고 있다. 그렇다고
는 하더라도 그러한 방법이 상상력 세계의 원구조54)를 밝

---

54) 황패강, 『한국서사문학연구』, 단국대학교 출판부, 1972, 367쪽. 원구조

히는 데에 있어서는 훌륭히 공헌하고 있다는 점을 인정하
지 않을 수 없으며, 또한 실제로 가스통 바슐라르의 상상력
에 관한 노작들은 그러한 방법의 타당성에 대한 성과라고
보여진다.[55]

우선 청마의 대표적인 시로써 널리 애송되고 있고 또한
그의 모든 시적 비의가 응축되어 있는 듯이 보이는 「깃발」
을 살펴보기로 한다.

> 이것은 소리 없는 아우성.
> 저 푸른 해원을 향하여 흔드는
> 영원한 노스탈쟈의 손수건.
> 순정은 물결 같이 바람에 나부끼고
> 오로지 맑고 곧은 이념의 푯대 끝에
> 애수는 백로처럼 날개를 펴다.
> 아아 누구던가.
> 이렇게 슬프고도 애달픈 마음을
> 맨 처음 공중에 달 줄 안 그는.

> —「깃발」 전문

라는 용어는 황패강의 소론에 보이는 것으로서 원형(archetype)을 주축
으로 하는 근원적 구조의 뜻이다.
55) 위의 책, 367~400쪽. 송욱, 앞의 책, 220~258쪽 참조.

여기 표제로 되어 있는 '깃발'의 상징적 의미는 아나로지의 연속성이 매우 넓은 복합 은유임(complex metaphor)을 알 수 있다. 이 은유의 속성을 김현승은 '국가나 각 개인이 지향하는 이상, 혹은 이념의 표상'56)이란 뜻으로 간략하게 말하고 있는데 물론 그 말은 일반적인 의미에 있어서 일차적으로 옳은 말이다.

그러나 청마의 시적 특성, 즉 치열한 생명의 추구와 그 생명의 본질로서의 허무를 고려할 때 그것은 일반적인 의미를 넘어 오히려 이념의 세계 너머에 있는 이상향과 같은 근원적인 삶의 원상(原狀)을 가리키는 표지로 작용한다고 볼 수 있다. 왜냐하면 모든 개인과 집단의 이상과 이념은 궁극적으로는 현실의 갈등과 투쟁의 근원이 되고 해결할 수 없는 가치의 대립과 고통을 낳는 원인이 되기 때문이다.

그러므로 '깃발'은 결국 이념과 가치의 투쟁을 의미하고, 현실적 삶의 부단한 애환과 고통의 부대낌을 형상하고 있는 것이라고 보아야 할 것이다. 그런데 현실의 끝없는 투쟁과 갈등의 움직임은 영원히 지속될 수밖에 없는 것이다.

이 해결할 수 없는 영원한 움직임, 즉 삶의 동태는 그 영원성의 차원에서 일순 움직이지 않는 움직임을, 그 현상적

---

56) 김현승, 『한국현대시해설』, 관동출판사, 1973, 95쪽.

움직임의 공성을 드러내면서 자신의 본질적 비의와 원상인 정적 또는 정태로 변성되고 만다.

위와 같은 해석은 첫 행의 '이것은 소리 없는 아우성'이라는 표현에서 확연히 드러난다. 펄럭이는 깃발이라는 시각적 이미지를 아우성이라는 청각적 이미지로 교묘히 환치시키고 있다. 그리고 이 시각적 이미지가 청각적 이미지로 변용되는 자리에 '소리 없는'이라는 모순형용(oxymoron)을 가함으로써 놀라운 시적 리얼리티를 얻고 있다.

그 리얼리티는 앞에서 설명한 바와 같이 영원한 움직임이 움직이지 않는 움직임이라는 정태로 포착되듯이 영원한 투쟁의 아우성 또한 소리 없는 아우성이라는 정적으로 포착되고 마는 것이다. 이러한 정태와 정적이야말로 치열한 직관이 성취해 낸 <의미의 포화(飽和)>라 할 수 있을 것이다.

다시 말해 '소리 없는 아우성'은 당연히 정적이라는 의미를 지시한다. 그러나 그 정적의 내면은 '아우성'이라는 모순 개념을 지니고 있다. 소리 있음을 소리 없음으로 파악하고 동(動)을 정(靜)으로 파악하는 이러한 직관의 비밀은 바로 앞에서 살펴본 존재의 공성을 극명하게 드러냄으로 하여 생기는 것으로 이해된다. 곧 동시존재(co-presence)의 인지라 볼 수 있다. 이것은 또한 불교의 색즉시공이라는 반야적 지혜에서 볼 수 있는 그런 본질적 직관이기도 하다.

이러한 설명을 뒷받침할 수 있는 것으로서 주목할 만한 발언이 조지훈에 의하여 피력된 바 있다.

　　일체의 정서와 주관을 배제하고 자연을 있는 그대로 직관하고 관조하는 서경의 소곡조를 찾았다. 이때 나는 시어의 절약으로 단시형을, 단면의 전체성으로서의 상징의 법을 얻었다. 감각과 예지 그대로의 결정으로서 정적을 생동태에서 파악하고 생동을 정지태로 포착하는 기법을 애용하였다.57)

주관을 배제하고 존재를 있는 그대로 직관할 때 단면을 전체성으로 볼 수 있으며, 그러한 직관과 예지는 생동태를 정적으로 파악한다는 말이다. 곧 존재를 있는 그대로 본다 함은 그 존재의 현상과 아울러 그것의 공성을 함께 직시한다는, 즉 생동태를 정지태로 파악한다는 말로서 그 시적 수행은 은유에 의한다는 뜻을 암시하고 있다. 그러므로 생동태를 정태 또는 정적으로 포착하는 은유는 존재의 변성(metamorphosis)이고 정신의 형이상학(metaphysics)이며 가장 치열한 본질적 직관이 된다.

「깃발」의 첫 행이 암시하고 있는 이러한 직관의 방법은 2행에서도 부분적으로 나타나고 있다. 즉 '저 푸른 해원을 향하여 흔드는'에서 '해원'이 그것인데 움직이는 바다를 정

---

57) 조지훈, 「나의 시의 편력」, 『청록집이후』, 현암사, 1968, 355쪽.

지태인 넓은 들(原)의 동시존재로 유합(愈合)시키고 있다. 청
마는 바다가 영원히 움직임을 되풀이한다는 점에서 정지태
로 또 허무의 극치로 파악하고 있다.[58]

해원이란 단어는 조어로서 제1행과 조응하는 관련 의미
로서는 단순하게 볼 수 없는 것이다. 바다라는 동태를 공성
인 정태로 변성시키고 있기 때문이다. 이 '해원'을 단순히
'이상의 푸른 바다'로 해석한 이가 있는데 물론 맞는 말이지
만 그것은 온전한 해독이 될 수 없다.[59] 왜 그것이 이상의
대상이 되는지 해명이 되지 않는 한 이 시의 해석은 겉돌 수
밖에 없기 때문이다.

제1행과 제2행이 보여주고 있는 심상은 <아우성의 소리
없음>과 <움직이지 않는 움직임>으로 하여 마치 고속 촬
영된 무성영화를 보고 있는 것처럼 멀리 느껴지는데 제3행
의 '영원한 노스탈쟈'로 그것은 정착된다. 우리는 여기서 바
다를 향하여 흔들고 있는 손수건 혹은 깃발과 아울러 '노스
탈쟈'라는 의미에 주목하지 않으면 많은 것을 놓치기 쉽다.
흔히 향수로 번역되는 이 말의 어원은 그리스어의 회귀(回
歸)라는 뜻이며, '시공을 멀리한 것에 대한 그리움'이란 뜻을
가지고 있다.[60]

---

58) 유치환, 앞의 책, 121쪽.
59) 김현승, 앞의 책, 94쪽.

이렇게 볼 때 제3행까지의 의미 맥락을 정리해 보면, 영원한 투쟁의 현실과 현상을 상징하는 동태의 '깃발'이 그 영원성의 차원에서 자신의 공성인 정적 또는 정태를 드러내면서 먼 '해원'을 향하여 흔드는 '노스탈쟈의 손수건'으로 전이되기 때문에, '해원'은 바로 '깃발'의 세계에서 그리워하는 이상향이 된다. 그 이상향은 더 말할 것 없이 현실적 투쟁 또는 현상적 움직임과 아우성이 없는 정적과 정태의 세계이다. 즉 깃발은 회귀의 그리움을 표상하는 영원한 노스탈쟈의 손수건이 되어 이상 세계인 정적, 정지, 또는 공성을 향해 '물결 같이 바람에 나부끼고' 있는 것이다. 즉 동태로서의 현상적 존재는 희로와 애련과 회한으로 몸부림치는 미완의 현실적 존재이므로 시공을 멀리한 정적과 공성의 완성을 지향하는 '이념의 푯대 끝'에 매달려서 대립하고 투쟁하고 그리워하는 것이다.

이러한 비극적 존재와 삶의 양상은 자연스럽게 '백로처럼 날개를 펴는 애수'라는 구원의 슬픔을 낳는다. 백로의 속성과 그 흰 빛은 바로 그러한 구원의 슬픔을 성립시키고 있다. 그 슬픔의 분출은 또 자연스럽게 '아아 누구던가'라는 설의법에 맺어지고 있지만 대답이 애초에 없는 공허한 물

---

60) David B. Guralnik, *Webster's New World Dictionary,* The World Publishing Company, Cleveland and New York, 1958, p.471.

음일 뿐이다. 왜냐하면 그 구원한 슬픔을 '공중에 달 줄 안 그'는 하나의 특정한 개체가 아니며 화자를 포함한 존재일 반이기 때문이다.

여기 깃발을 다는 '공중'의 의미는 앞에서 설명한 삶의 공성을 최종적으로 보완하고 있는데 이것은 바로 무익(無益)과 도로(徒勞)를 의미하는 불괴의 허공(invulnerable nothing)과 등가를 이루는 것이라고 볼 수 있다.[61)

우리는 청마의 시적 직관이 공성, 즉 정적 또는 정태라는 존재의 본질을 드러내고 있음을 보았는데 이 정적은 어떤 세계인가. 우선 하이데거가 「횔더린 시의 해명」이란 논문에서 말하고 있는 것을 참조해 보자.

> 인간은 시 가운데서 정적에 이른다. 비활동성이나 무사상처럼 보이는 외면상의 정적이 아님은 물론 그 가운데 일체의 힘과 관계가 약동하는 무한한 정적이다.[62)

인간은 자기의 고유한 본질 속으로 들어갈 길을 발견할 때 전

---

61) Shelley, Adonais. "폭풍 같은 환상 속에 길을 잃어 / 환영들과 부질없는 싸움을 하며 / 망상에 미쳐 영혼의 칼을 빼어 / 불괴의 허공을 치는 자는 우리(Tis we, who lost in stormy vision, keep / With phantoms an unprofitable strife, / And in mad trance, strike with our spirit's knife / Invulnerable nothings)." 최재서, 앞의 책, 151쪽.
62) 소광희 역, 『시와 철학』, 박영사, 1972, 60쪽.

회하는 것이다. 인간은 그 본질에서 본다면 부재에 보다 가까이
있다.[63]

인간이 보다 가까이 있는 '부재'는 곧 '고유한 본질'인 공
성이다. 그리고 인간은 시 가운데서 본질적 직관을 통해 정
적에 이르게 되는데 그 정적은 '일체의 힘과 관계가 약동하
는 무한한 정적'이다. 이러한 공성으로서의 무한한 정적은
이미 앞에서 살펴본 노자의 빈 그릇과 같다. 비어있고 고요
하지만 그 빈 그릇 속에서 무한히 퍼내어 써도 다함이 없는
것이다.

그러므로 하이데거의 말대로 '일체의 힘과 관계가 약동
하는 무한한 정적'인 것이다. 이런 의미에서 청마의 시를
'고열한 생명의 표백이며 인간 원형에의 회귀'라고 짧게 평
한 서정주의 견해는 탁견이 아닐 수 없다.[64]

그런데 이 존재의 공성이 드러내는 정적이 시적 상상력
속에서는 메르시아 엘리아데가 말하는 모태회귀(return to the
womb) 지향을 보이고 있다. 모태회귀란 무엇인가. 정신심리
학자들의 견해에 의하면 인류는 심리 심층에 원초적 고향
에 대한 향수를 지니고 있는데 이 인류적 고향이 <대지>

---

63) 위의 책, 219~220쪽.
64) 서정주 편, 『조선명시선』, 온문사, 1949, 266쪽.

또는 <모태>라는 이미지로 형상화되어 나타나고 있다는 것이다.[65]

그리고 존재의 근원인 이러한 모태적 세계는 그 특징으로 정적을 내포하게 된다는 것이다. 또한 분석심리학자 융은 인생을 에너지적 현상으로 보고 그 에너지의 목표를 존재의 본질, 즉 공성 또는 정적인 정지 상태의 원형상으로 돌아가려고 한다고 말한다.[66]

따라서 모태의 이미지는 분열, 갈등, 고통, 대립 등의 현세적 특징이 해소된 통일과 안식의 상징이고 이와 함께 모태의 기능으로서의 새로운 탄생, 즉 재생을 의미하게 된다. 이러한 모태적 지향은 불완전한 현세적 갈등을 강력하게 체험할 때에 그것의 지양을 원하는 것에 다름 아니며 완전하고자 하는 결벽성이 강할수록 그러한 성향은 현저해진다고 볼 수 있다. 이 점에서 청마의 자학도 여기서 근본적인 해명을 얻게 되는데, 이러한 의미에서 청마는 낭만적 이상주의자였다고 할 수 있을 것이다.

지금까지 살펴본 청마의 시의 특성과 그것이 갖는 모태 회귀적 역동성을 다시 한 번 간략히 종합하면, <불괴의 허공> 속에서 펄럭이는 <대립, 현상, 동태>의 '깃발'은 <재

---

65) 황패강, 앞의 책, 97~105쪽 참조.
66) 위의 책, 386쪽.

생적 고향>인 <전일, 본질, 정태>의 '해원'을 향하여 모태
회귀적 지향을 보이고 있다는 말이 된다. 청마의 시적 표현
으로 바꾸면 '깃발'은 '영원한 노스탈쟈의 손수건'이 되어
공중에서 물결 같이 바람에 나부끼고 있는 것이다.

　위의 설명을 염두에 두면서 그 현저한 예증을 이루는 청
마의 다른 작품들을 좀 더 들어보자.

　　돌아가는 것이다.

　　그 아늑한 시원(始元)의 데로
　　이제는 돌아가는 것이다.

　　그날 뉘의 애틋한 찾음에
　　어려운 걸음 잠간 나드릿길.

　　…(중략)…

　　싸늘한 살갗 하나 사이하고
　　저쪽과 이쪽 지척도 아니언만

　　소리도 닿지 않는 그 억겁리
　　이제는 돌아가는 것이다.

　　　　　　　　　　　　　－「사면불」일부

이 시에서는 '아늑한 시원의 데'로 회귀하고자 하는 모태 회귀적 지향이 매우 쓸쓸한 어조로 서술되고 있는데 그 쓸쓸함은 존재의 '잠깐 나드릿길'이라는 현세적 꿈의 좌절을 내포한 시한성이 근거가 되고 있다. '이쪽'과 '저쪽'은, 즉 삶과 죽음 또는 현실의 세계와 원초적 고향의 거리는 '살갗 하나 사이하고' 있는 지척의 거리이다. 바로 살갗에 닿아 있는 허공이 바로 '저쪽'인 것이다. 그러나 그 거리는 역설적으로 '소리도 닿지 않는 그 억겁리'이다. 아주 가깝고도 먼 이 시공의 역설적 거리에서 노스탈쟈라는 향수의 그리움은 발원한다.

> 그렇게도 너희가 안타까이 마음 조이는 시간!
> 너희의 슬픈 목숨이 애석하는 그 시간을 두려워 말라.
> 실상인즉 내 이렇게 종시 누웠으므로 하여
> 너희의 사유하는 그 영겁의 시공일시
> 시방도 각각으로 발자춰소리 기진하여 감을 나는 듣거늘
> 오늘 부동 같은 휘황 광대한 우주.
> 일월성신과 땅과 궁창과 그 온 구성마저
> 마침내 천동하고 무너질 날이 반드시 있으리니.
> 아아 일체 우연한 존재의 귀일하는 곳과 날을
> 내 증거하기 위하여 여기에 기다려 누웠노라.
>
> ―「쓰탄카멘 왕의 뇌임」

여기서는 화자가 현실적인 시공을 초월한 어떤 절대적 위치에서 우주와 우주 안의 만물과 그 현상들을 부감하고 있는 쓰탄카멘 왕의 미이라가 되어 말하고 있다. 화자가 누워있는 시간과 공간은 인간의 사유 속에서는 '영겁의 시공'이라고 밖에 할 수 없는 일종의 형이상의 시공이다.

화자는 그와 같은 형이상의 시공 속에서 현상적 시공 속을 <애련에 물들고> 부단히 <희로에 움직이>며 살아가는 인간들에게 '너희의 슬픈 목숨이 애석하는 그 시간을 두려워 말라'고 이른다. 현상적 존재는 단지 이유도 목적도 없이 우발적으로 존재하다가 본질적인 <정적>의 세계로, 즉 시의 표현대로 '일체 우연한 존재의 귀일하는 곳'으로 돌아가는 것이라고 말하고 있다.

존재의 이유도 목적도 없는 찰나적이고 우발적인 현상적 존재는 그야말로 하이데거의 말과 같이 부재에 가까운 것이고 그 존재를 드러내고 있는 영겁의 광대무변한 허무야말로 역설적이지만 실재에 가까운 것이다. 그러므로 현상적 존재의 온갖 움직임은 본질적으로 부재의 부동, 즉 '오늘 부동 같은 휘황 광대한 우주'와 같은 시적 표현으로 변용되게 된다.

차라리 허허로운 하늘을 찾아 교외로 가자. 거기엔들 무슨 소간 있으랴마는 오직 인생이 이미 무위하므로 오가는 구름 흐르는 물의 행지(行止)를 바라보며 나를 다시 헤아리려 함이거니 총총히 인가를 벗어나 푸른 전원이 펼쳐진 길을 나의 반려의 이끄는 대로 지향 없이 갈 양이면 하마 그 매연과 매리(罵詈)에서 서느로이 놓여 난 높푸른 하늘 아래 한 떨기 푸새 한 마리 벌레마저 한결같은 그들의 생을 표표히 누리고 있음을 보나니 저 숨가쁘게도 눈부시게 문명하는 인간이 문명하노랄수록 인간 자신마저 그 무용과 퇴잔(退殘)을 엄청나게 적출(積出)함에 비길진대 이 적은 미물들은 그 얼마나 아치로운 단조와 용잡(冗雜) 없는 긴절만을 갖추고서 미구(彌久)한 광일(曠日)속에 절로들 동락하고 있음이랴.

…(중략)…

이윽고 한 등성이에 이르러 걸음을 멈추고 돌아서 바라본다. 아 적적히 펼쳐진 하늘과 땅, 그리고 이 호막한 신기(神氣) 속에 소리 없이 구비쳐 잇닿은 산악들. 여기서 나는 여기가 미리부터 지향하여 온 곳인 양 비로소 안도와 종료감을 느끼고 스스로 족하여 곰곰히 상념은 천지와 더불어 끝 간 데를 모른다.

　나의 원하는
　아무것도 없어라, 아아(峨峨)한 산아.

―「단장」 일부

위의 시는 청마의 시가 대부분 그렇듯이 토로하고자 하는 관념을 난삽하고 궁벽한 한자어를 통해 유장하게 진술하고 있다. 진실한 시는 시가 아니어도 좋다고 하는 그의 시관에 걸맞는 문체라고 할 수 있을 것이다. 이런 시에서는 애초에 시적 긴장이나 이미지의 참신함이나 언어의 감각적 미질 같은 것은 기대할 수가 없다. 다만 자신의 사상을 얼마나 진솔하고 곡진하게 표현하고 있는가 그것만이 문제가 된다.

이 시에서도 그가 일관되게 추구하고 있는 허무 또는 그 본질이 특별한 시적 의장도 없이 드러나 있다. '허허로운 하늘을 찾아 교외로' 가는 산책길은 허무 또는 그 정적의 원초적 고향을 찾아가는 것에 상응한다. '인생은 이미 무위하므로' '흐르는 물의 행지를 바라보는' 화자의 행위는 그대로 <함이 없는 함>이요 <움직임 없는 움직임>이다. 곧 동태는 정태의 본질을 드러내고 유위는 무위의 본질을 드러내는 변양(變樣)일 뿐인 것이다.

그래서 '적적히 펼쳐진 하늘과 땅', 그리고 '소리 없이 구비쳐 잇닿은 산악들' 앞에서 화자는 '미리부터 지향하여 온 곳인 양 비로소 안도와 종료감'을 느끼게 된다. 이런 경지에서는 '나의 원하는 아무것도 없어라'라는 영탄이 나올 수밖에 없을 것이다. 이 작품에서는 '적적히 펼쳐진 하늘과 땅'이나 '안도와 종료감'을 주는 <산> 등의 표상이 모태적 안식 혹은 정적을 드러내는 시적 상상력으로 작용하고 있다.
이 <산>은 앞에서 살펴본 「사면불」의 <돌>이나 「쓰탄
카멘 왕의 뇌임」의 <분묘>나 상상력의 근원에서는 다 같
은 동가의 이미지라 할 수 있다.

이와 같은 청마의 본질적 향수에 대한 의미는 무엇보다
그 자신이 분명하게 언급하고 있는 다음의 진술로써 확연
해진다.

> 내 자신을 스스로가 주체 못하는 밑 없는 절망 속에서 아프게
> 도 나를 불러 손짓하고 또한 내 스스로 그것을 치욕으로 생각하
> 는 망향의 먼 향수는 어쩌면 현실의 나의 고향이나 조국에 대한
> 그것이 아니라 영혼이 돌아가 의지할 그러한 정신의 안주지가
> 아니었던지 모릅니다.[67)]

청마 자신이 분명히 말하고 있듯이 그의 '망향의 먼 향수'
는 '영혼이 돌아가 의지할 그러한 정신의 안주지'이다. 그런
데 그 향수를 왜 '치욕으로 생각하는' 것일까. 이것은 이미
앞에서 살펴본 바와 같이 그가 <원수에 대한 가열한 반항
의 길>로 가지 않고 비굴하게도 <굴욕에 젖어 사는 길>
을 택했던 때문일 것이다. 그 길은 자학과 고통의 길이었으

---

67) 유치환, 앞의 책, 43쪽.

므로 '한 개의 바위'가 되고자 했고 <깃발>의 세계에서
<해원>을 향하여 노스탈쟈의 손수건을 흔들었던 것이다.
그의 향수가, 뒷날에는 달관의 경지에서 허무의 본질을 노
래하는 것으로 변용되었지만, 그 단초는 현실적 고통을 벗
어나고자 하는 것이었음을 여기서 다시 확인할 수 있다.

4. 범신론적 자연관

모든 문학 작품은 근원적으로 무의식에 있는 인류의 꿈을
원형으로 간직하고 있다. 이 꿈은 인류적 고향(mother-land)에
대한 지향이며 따라서 대지에 대한 무의식적 애정을 낳는
다.68) 그리고 여성원리(lunar-system)로서 대표적 표상물인 대
지에 대한 애정은 상상력의 세계 안에서 적극적으로 파악될
때 이른바 리챠즈(I. A Richards)가 마술적 세계관이라고 불렀
던 물활론(animism)과 범신주의(pantheism)를 낳게 된다.69)

이렇게 볼 때 범신주의의 내재적 원리로서 모태회귀의
심리가 근본적으로 작용하고 있음을 알 수 있다. 앞에서 이
야기한 청마의 모태회귀적 지향의 결과로 이해되는 그의

---

68) 황패강, 앞의 책, 97~105쪽 참조.
69) 김춘수, 앞의 책, 49쪽 참조.

범신주의적 자연친근의 사상도 이와 같은 논리 위에서 볼 수 있을 것이다.

브라이언(J. Ingram Bryan)은 인간의 자연에 대한 태도를 4 단계로 나누어 다음과 같이 설명하고 있다.

1. 전원, 풍물에 대한 무의식적이고 순진한 사랑으로서 짐승과 새들과 나무들에 대한 소년기의 순수한 감정.
2. 청년기와 이른 성년기에 이르면 인간은 도시생활과 사회생활, 정치에 대한 관심 등으로 바빠져 이러한 초기의 애정이 약해진다.
3. 인간은 물질주의와 세속적인 생활의 무상함에서 휴식하여 원기를 회복하기 위하여 조용하고 냉정한 자연의 은둔소로 돌아온다.
4. 가장 높은 단계에서, 인간은 자연에서 청년기에 느껴보지 못한 우주적인 힘, 전체적인 정신, 영원한 생명과의 교감을 느낀다.[70]

위의 네 번째의 태도가 범신론적 자연관임을 알 수 있다. 곧 '우주적 힘', '전체적인 정신', '영원한 생명' 등으로 표현되고 있는 것은 직관적으로 파악하는 존재의 근원으로서의 모태적 에너지를 말하는 것이다. 이것이 적극적인 인식의

---

70) 최창록, 「청록파의 자연관과 시사적 의의」, ≪어문학≫ 통권 23호, 1970.10, 135쪽 재인용.

태도로 말미암아 신성을 띠게 될 때 바로 범신론적 관점이
된다. 위에서 '전체적 정신'이란 그러한 신성의 완곡한 표현
에 불과하다.

　그리고 이러한 본질적이고 근원적인 정신의 인식은 바로
직관에 의한다. 이러한 직관을 베르그송은 다음과 같이 말
하고 있다.

　　정신에 의한 정신의 투시, 또는 어떤 대상의 내부에 들어가
　그 대상이 지닌 바의 특유한 것, 즉 표현 불가능한 것과 일치하
　게 해 주는 공감이다.[71]

　그리고 이러한 범신론적 자연관은 에머슨이 만인은 자기
의 위대함을 발견하고 자기 자신에서 신을 볼 수 있다고 말
하는 그 범신론적 인간주의를 포함하는 뜻으로 보아야 비
로소 온전해진다.

　청마의 작품에서 범신론적 자연관이 잘 나타나 있는 다
음의 작품들을 보자.

　　이제 황혼과 더불어 가난한 신들이 여기에 모였나니.
　　신의 날개도 가지지 않고

---

71) 앙리 베르그송, 서정철 역, 『창조적 진화』, 을유문화사, 1972, 7쪽.

니힐과 혼돈의 오늘의 이 고난의 날을 살아
20세기를 신화(神話)하는 어진 신들이여.
저녁상을 물러냄과 함께 밀려 올
등도 없는 무한한 밤아 오라.
팔꿈치 베고 이 쥬피터 일족은 아랑곳 없이 자리니.

― 「제신의 좌」 일부

오늘 나로 하여금 들가의 한 평범한 풍경에 서서 더욱 이렇게
눈물겹게 하는 것은 솔밭 위에 뜬 낮달의 정서도 아니요, 밭 구
렁에 날아 우짖는 까치의 감상도 아니요, 파릇파릇 자라나는 봄
풀의 애석도 아니요. 오직 이 평범한 자연 뒤에 있는 보이지 않
는 손, 온갖 것을 그의 자리에 있게 하는 지극히 소박한 커다란
손이로다.

― 「풍경에서」

위의 「제신의 좌」에서 한 가족은 쥬피터 일족이 되어 나
타난다. 그런데 이 신들은 '황혼과 더불어' 있는 '가난한 신'
들이고, '니힐과 혼돈의 오늘의 이 고난의 날을' 살아가는
신들이다. 다시 말하면 이 신들은 범신론적 인간주의 입장
에서 본 인간들이다. <부재에 가까운> 인간 존재가 절대
적 허무의 세계에서는 신으로 변신하게 된다. 이것이 상상
의 논리이다. 청마의 허무주의에서 볼 때 이 상상의 논리는

아주 자연스러운 귀결이 아닐 수 없다.

「풍경에서」는 자연의 배후에 있는 신성을 '소박한 커다란 손'으로 표현하고 있다. 신성이 비범한 대상에서 나타나는 것이 아니고 '평범한 풍경'의 모든 것들에서 나타나고 또한 그것은 '평범한 자연 뒤'에 있는 것이다. 그래서 신은 '지극히 소박한 커다란 손'일 수밖에 없다. 그야말로 신조차 절대적 허무 속에서는 온갖 평범한 사물처럼 존재하는 것이고 <부재에 가까운> 존재로 전락하고 마는 것이다.

이와 같은 허무주의적 존재양식을 청마는 다음과 같이 말하기도 한다.

> ······더구나 그 만유 속에 나를 나무나 새처럼 한 몫 존재하여
> 있게 하여 주심에 대하여 무한히 감사드리는 바입니다.
>
> —「계절의 단상」 일부

> 흔히들 정신은 두뇌에서 산출되는 것으로 오인한다. 아니다.
> 우리를 에워 있는 광대무변한 정신!
>
> —「단장 1」 일부

여기 보이는 바와 같이 청마는 자연의 뒤에 근원적인 정신이 있는 것으로 믿고 있다. 다시 말하면 물질적이고 외면

적인 자연과 정신적이고 내면적인 자연으로 이중상을 띠고 있다는 말이다. 그런데 청마의 사상에서 이 신성 또는 정신은 '만유 속에 나를 나무나 새처럼 한 몫 존재하여 있게' 해 줄 뿐 그 이유나 목적이 없다.

모든 존재는 우연과 필연 속에서 다만 그렇게 존재할 뿐 절대적인 신의 의지가 작용하지 않는다. 청마는 여러 군데서 이러한 자연의 배후에 있는 하나의 힘을 <허무의 의지>라고 표현하고 있는데, 세세하고 엄격한 차이를 크게 보아 덮는다면 청마의 신 또는 정신이란 스피노자의 범신론적 사상과 그 구조에 있어서 매우 유사한 양상을 보이고 있다.

스피노자는 기하학적 증명의 방식으로 저술한 그의 『에디까』에서 다음과 같이 말한다.

> 자연에는 다만 하나만의 실체가 존재할 뿐이며 더욱 그것은 절대 무한적인 것이다. …(중략)… 모든 존재는 신에 내재되어 있다. 그리고 어떤 것도 신이 없이는 존재할 수 없고 생각할 수도 없다.[72]
>
> 고로 모든 것은 신적 본성의 필연성에 의해 존재하게끔 결정될 뿐 아니라, 일정한 방법에 의해 존재와 작용에로 결정되어지며, 따라서 우연적인 것은 하나도 존재할 수 없다.[73]

---

72) 스피노자, 이재기 역, 『에디까』, 휘문출판사, 1974, 221쪽.

스피노자에게 있어서 자연은 오직 하나의 실체가 있을 뿐인데 그것이 신이다. 그리고 모든 존재는 신의 무한한 변양(變樣)이다. 따라서 <자연=신=실체>라는 관계가 성립한다. 즉 정신 또는 실체인 신과 그 신의 변양태인 물질적 또는 현상적 존재들로 이중상을 보인다. 전자는 능산적(能産的) 자연이고 후자는 소산적(所産的) 자연이다.[74] 전자는 청마의 말하는 '보이지 않는 손'이고 후자는 그것의 다양한 현상적 양태로 나타난 '만유'이다.

범신론이 갖는 또 다른 특성은 스피노자의 말에 보이는 것처럼 '신의 본성의 필연성에 의해 존재하게끔 결정'된다는 필연성이다. 모든 존재가 현상에 있어서는 우연성을 띠는 것처럼 보이지만 그 내밀한 작용에 있어서는 필연성을 갖는다는 말이다.

그러나 이러한 일종의 인과론적 필연성도 '보이지 않는 손'이 이유와 목적이 없다면 궁극적인 형이상학적 물음 앞에서는 단순한 우발성(contingency)으로 전락하고 만다. 청마가 '만유 속에 나를 나무나 새처럼 한 몫 존재하여 있게 하여 주신' 커다란 손을 말하면서 그 앞에 '지극히 소박한'이라는 말로 한정하고 있는 것은 바로 그러한 까닭에서다.

---

73) 위의 책, 236쪽.
74) 위의 책, 236~237쪽.

따라서 이런 점에서 우연과 필연은 역설적이지만 표리관계이기도 하고 순환적이라고도 할 수 있을 것이다. 그리고 이러한 필연성은 불교의 인연과도 그 맥락을 같이 하고 있다고 볼 수 있다.

　이러한 범신론적 자연관은 존재의 근원에 둘이 아닌 하나의 본질, 즉 신성, 정신 등을 지니고 있기 때문에, 청마의 시에 나타난 대로 모태적 공성인 허무의지를 지니고 있기 때문에 결국 모든 존재는 그 본질의 변양으로서 만유일체가 된다.[75] 이런 점은 또 인도 철학에서 아트만(atman)이라고 부르는, 즉 개별적 자아가 아니라 본래의 자기 또는 보편적 자아를 뜻하는 말과 상통한다. 이와 같은 사상은 결국 불교에서 자타평등이니 자타호융이니 하는 자타불이의 사상과도 크게 다르지 않다고 볼 수 있다.

　범신론적 세계관의 우연, 필연, 인연, 만유일체 등의 사상이 형상화된 청마의 시들을 몇 예거해 보자.

　　저물도록 학교에서 아이 돌아오지 않아
　　그를 기다려 저녁 한길로 나가보니
　　보오얀 초생달은 거리 끝에 꿈 같이 비껴 있고

---

75) 이유식, 앞의 책, 225쪽에서는 이런 만유일체를 '노바리스적 혈연공동체 의식'이라 표현하고 있다.

느릅나무 그늘 새로 화안히 불밝힌 우리집 영머리엔
북두성좌의 그 찬란한 보국(譜局)이 신비론 푯대처럼 지켜 있
나니
때로는 하나이 병으로 눕고
또는 구차함에 항상 마음 조일지라도
도런도런 이뤄지는 너무나 의고한 단란을
먼 천상에선 밤마다 이렇게 지켜 있고
인간의 수유(須臾)한 영위에
우주의 무궁함이 이렇듯 맑게 인연되어 있었나니
아이야 어서 돌아와 손목 잡고
북두성좌가 지켜 있는 우리집으로 가자.

　　　　　　　－「경이는 이렇게 나의 신변에 있었도다」 전문

　'북두성좌의 그 찬란한 보국이 신비론 푯대처럼' 한 가족
의 운명을 지키고 있다. 여기 '보국'이란 말은 우연처럼 보
이는 모든 현상이 알고 보면 우리가 모르는 필연성의 결과
라는 뜻을 함축한다. 화자는 '인간의 수유한 영위'가 '우주
의 무궁함'에 인연되어 있다는 깨달음을 담담하게 서술한
다. 그래서 한 가족은 우주의 가족으로 확장되고 그 가족이
사는 '우리집'은 바로 우주로 환치된다. 궁극적으로 만유일
체가 되는 것이다.

그러나 아흔 아홉 밤의 기도보다 알라의 계시를 위하여선 한 방울의 피 흘림과 하룻밤의 진(陣) 침이 더 옳은 그의 칼의 교의 야말로 홀로 앉은 히라산 동굴 밖 중동 아세아 사막의 광막한 쪽 빛 새벽 하늘을 매섭게 오려 도린 호월(弧月)의 응시로서 깨친 바 장년의 단안이었으리니.

항상 다수와 잡다를 미워하고 만인을 거느리는 인류 예지는 이 같이 영롱한 새벽 호월에서 옮는 것이 아니랴.

그러나 진실로 인류의 크낙한 이 로맨의 명암의 간만(干滿)이 저 가느다란 호월에 인연되었을 줄이야!

-「호월의 윤리」 부분

여기서는 이슬람교의 창시자 마호멧의 예지와 결단도 새벽 하늘에 걸린 가느다란 초승달로부터 연원되었다고 말한다. 나아가 '인류의 크낙한 이 로맨의 명암의 간만'도 역시 그 초승달과 불가분의 관계에 있는 것이라고 말한다. 달의 인력에 의해 조수의 간만이 비롯하듯이 인류 역사의 파란 만장한 부침의 이야기도 결국 저 달이 차고 기우는 곡절에 인연되어 있다는 말이다.

거룩한 신방인양 노오란 호박꽃 속으로 어색스리 엉덩이를 보이고 꿀벌 한 마리가 들어가고 있음을 본다.
이같이 어디론지 제 길을 가고 있던 한 마리 꿀벌과 없는 듯

이 덤불 새에 피어 있던 호박꽃 하나와에 우연히도 이뤄지는 이
적은 생명의 영위인즉 실상 얼마나 오묘하고 먼 뜻이 미리부터
이 있기를 기약하고 예비하여 둔 바이었던가.

　이 꽃에 이 벌레, 이 벌레에 이 꽃의 만남이 우연의 우연인듯,
그러나 진실로 진실로 없지 못할 필연의 것이었나니 그로 인하
여 이들은 여기에 소리 없는 환호 생명의 개선가를 외치는도다.

─「개가」 일부

　한 마리의 꿀벌이 한 호박꽃 속으로 들어가는 것을 '적은
생명의 영위'라 하고, 이 영위가 실은 '오묘하고 먼 뜻을' 미
리부터 '기약하고 예비하여 둔 바'였다고 말한다. 그리고 그
러한 현상이 '우연의 우연인 듯'하지만 '진실로 진실로 없지
못할 필연의 것'이라고 말한다. 여기서 그러한 필연을 예비
해 둔 것은 만유의 배후에 있는 하나의 신이라 할 수 있는데
청마는 바로 뒤에서 보겠지만 그것을 부를 이름이 없어 신
이라고도 하고 또 목적이 없으므로 허무 의지라고도 이야
기한다.

　청마의 많은 작품에서 이와 같은 범신론적 사상의 표현
을 볼 수 있는데 그는 이러한 사상을 에세이를 통해 보다 분
명하고 직설적으로 토로하고 있다.

　우리가 불가견한 것을 존재한다고 인정해서 그 일을 곧 비합

리적이라든지 미신적이라 단정할 수는 결코 없을 것입니다.[76]

-「신의 실재와 인간의 인식」 일부

그러나 나는 신의 존재는 인정한다. 내가 인정하는 신이란 오늘 내가 있는 이상의 그 어떤 은총을 베풀며 베풀 수 있는 신이 아니라 이 시공과 거기 따라 존재하는 만유를 있게 하는 의지 그것이다. 나의 신은 형상도 없는 팽배 모호한 존재이다. 목적을 갖지 않은 허무의 의사이다.[77]

-「청마시집 서문」 일부

무종무시 한 가지 현상, 한 가지 과정을 반복 지속하고 있는 우주와 자연의 대구성(大構成)! 무한한 질서 속에 이 우주와 자연을 존재 지탱하여 있게 하고 있는 어떤 절대한 의사! 능력! 이 절대한 의사와 능력을 인정만 한다면 그것을 무어라 이름 불러도 좋을 것이다. 나는 그것을 신이라고 부른다.[78]

-「신의 존재와 인간의 위치」 일부

이외에도 그의 수많은 「단장」류의 글과 에세이를 통해서 한결같이 신에 대한 사색을 부단히 지속한 것으로 나타난

---

76) 유치환, 앞의 책, 213쪽.
77) 유치환, 『청마시집』, 문성당, 1954, 서문.
78) 유치환, 앞의 책, 187~188쪽.

다. 이와 같은 청마의 범신론적 사상은 그 자신이 허무라는 말로 못박고 있듯이 보다 동양적인 것이다. 서양의 범신주의는 영혼불멸설을 바탕으로 하지만 청마는 그것을 믿지 않기 때문이다. 노자가 신의 위치에 도를 설정하고 그 도를 상무(常無)라고도 표현한 것을 보면 청마의 허무와 상당히 흡사한 것임을 알 수 있다.[79)]

청마의 이와 같은 범신론적 경향이 그의 시에서 어떤 내재적 원리로 작용하는가 하는 것은 앞에서 살펴본 <정적에의 지향>과 관련하여 볼 때 자명해진다. 즉 현세적 갈등과 미완을 지양하여 존재의 근원으로 모태회귀하고자 하는 지향성은 대지와 자연에 대한 애정으로 나타나며 그것이 상상력의 세계에서 신성으로 굴절한다고 볼 수 있다. 따라서 그의 범신론적 경향도 모태회귀의 지향성이 좀 더 깊고 넓게 혹은 구체적이고 적극적인 표현을 얻은 것에 불과하다고 볼 수 있을 것이다.

그리고 범신론적 사상은 당연한 귀결이지만 자연물과 추상물에 대한 의인화와 돈호법을 빈번히 부르게 되는데 청

---

79) 『도덕경』, 제1장. "故常無欲以觀其妙 常有欲以觀其徼 此兩者同出而異名 同謂之玄 玄之又玄 衆妙之門(그런 까닭에 상무에서 그 지극히 미묘한 것을 보고자 하고 상유에서 그 귀착을 보고자 한다. 이 유와 무는 같은 것에서 나와 이름이 다를 뿐이다. 그 같은 것을 유현이라고 한다. 유현하고 유현하여 모든 미묘한 것이 나오는 문이다)"

마의 작품 도처에서도 이와 같은 표현들이 영탄조로 많이 쓰이고 있음을 볼 수 있다.

의인법이란 원래 사물에 대한 심도 있는 애정을 바탕으로 하는 것이며 대개의 경우 의인법을 수반하고 나타나는 돈호법은 크로이저의 말과 같이 '실재하거나 또는 실재하지 않는 한 인간이나 혹은 사물에 대한 직접적인 청원'을 의미한다.[80] 따라서 이와 같은 표현도 결국 자연의 모태적 여성원리를 그 바탕으로 지니고 있기 때문에, 그래서 만유일체적 관점을 지니게 될 수 있기 때문에 가능한 것이라고 볼 수 있다.

또 하나 주목해야 할 점은 청마의 그와 같은 사상을 표현하는 문체가 산문에 가까운 진술체라는 것이다. 이미 앞에서 그의 이러한 문체를 들어 김상옥이 '비시적 특성'이라고 말한 것처럼 소수의 시작품을 예외로 한다면 그의 대부분의 시는 거의 산문에 가까운 사상의 직설적인 진술로 구성되어 있다.

그런데 김동리는 그의 이런 점을 가리켜 '생경하고 소박한 무기교의 기교'라고 말하고 있다.[81] 시도 하나의 예술이라고 볼 때 이러한 경우를 시의 '무기교의 기교'라고 할 수

---

80) 김학동, 위의 책, 110쪽 재인용.
81) 김동리, 「청마시선에 부침」, 『청마시선』, 정음사, 1958, 195쪽.

있을지 그것은 상당한 유보적 단서가 따라야 할 것이다. 하여간 이와 같은 비시적 문체의 특징은 그의 '진실한 시는 시가 아니어도 좋다'는 극단적인 시관에서 미리 예정되어 있었던 것이라고 할 수 있을 것이다.

5. 가난한 시대의 예언자

흄은 그의 사색록에 휴매니즘을 '생명적인 것의 최고의 표현'이라 쓰고 있다.[82] 이 간단하나 적절한 정의는 청마의 사회비판적 도덕의식의 시편들을 조명하는 데에 있어서 매우 유용한 디딤돌이 되어 주고 있다. 왜냐하면 유치환을 생명파 또는 인생파라고 부를 때 그러한 용어 자체가 벌써 휴매니즘을 뜻하는 것이기 때문이다. 이런 의미에서 김동리도 인생파 시인들을 휴매니스트라고 불렀던 것이다.[83]

휴매니즘의 문학은 언제나 객관적 현실에 대한 준열한 비판을 그 특징으로 갖는다. 또한 청마의 시가 <생명의 추구>라는 시적 출발을 가졌다는 점은 '생명적인 것의 최고

---

82) T. E. Hulme, *Essays on Humanism and The philosophy of Art*; 김재근 역, 『사색록』, 정음사, 1967, 25쪽.
83) 김동리, 앞의 책, 120쪽.

의 표현'이라는 흄의 발언과 함께 주목할 만한 암시를 던지고 있다. 즉 생명과 존재의 순수성 또는 그 원형을 추구하는 청마의 시가 필연적으로 '생명적인 것의 최고의 표현'을 지향한다면 사회비판적 열렬한 도덕의식의 시편들을 낳을 것이라는 것은 자명한 귀결이기 때문이다.

우선 다음의 시를 살펴보자.

때는 20세기의 인문을 자랑하는 오늘
그러나 이 어인 조짐이리오.
내 오늘 이 거리를 가건대
비린 바람은 음산히 비수의 요기를 띠고
뭇 눈은 오히려 중세의 암우(暗愚)에 흉흉하나니

보라 여기선
도적과 의인을 섞고
피의 진한 참과 입에 발린 거짓을 뒤죽하여
진실로 원수를 넘겨야 할 칼이
창광하여 그 노릴 바를 모르거늘
이는 끝내 제도 못할 백성의 근본이러뇨.
이 날 이 불의의 저지른 치욕을
여기 기를 삼는 자 또한 있거들랑
하늘이여 마땅히 삼천만을 들어 벽력하라.

아아 겨레된 벌로 함께 묻힌

손바닥의 이 죄스런 피를 내 두고 두고 앓으리니.

– 「죄업」 전문

위의 시는 「백범 옹 피살의 비보를 들은 날」이라는 부제
가 붙어있다. '비보의 저지른 치욕'을 두고 '하늘이여 마땅
히 삼천만을 들어 벽력하라'는 이 격앙된 목소리는 바로 열
렬한 휴매니스트의 그것이다. 휴매니스트는 언제나 한 시
대의 어둠과 횡포한 사회현실을 비판하고 고발하면서 인간
성의 옹호에 분연히 일어나 싸움을 사양하지 않는다.

휴매니스트의 고양된 입장은 따라서 시대적 어둠을 배경
으로 하여 높은 가치의 광휘를 발하게 되는데 하이데거가
의미심장하게 사용했듯이 이러한 어둠의 시대가 비유적으
로 말하면 곧 '가난한 시대'이다.[84] 하이데거는 릴케의 시를
논하는 자리에서 "시대가 가난한 까닭은 그 시대에 고뇌와
죽음과 사랑의 본질의 비은폐성이 결여되어 있기 때문이
다"라고 말하고 있다.[85] 이렇게 '고뇌와 죽음과 사랑의 본
질'이 은폐되어 있는 시대는 어둠 그 자체이며 횡포와 부조
리가 전횡하는 시대이다.

---

84) 소광희, 앞의 책, 217쪽. '가난한 시대'는 횔더린의 시 「빵과 포도주」의
일절이다.
85) 위의 책, 225쪽.

청마가 백범 옹의 피살의 소식을 듣고 쓴 위의 시는 '중세의 암우'라고 표현하고 있듯이 바로 그 '가난한 시대'의 어둠에 맞선 휴매니스트가 외치는 목소리인 것이다. 이와 같은 휴매니스트로서의 청마의 시적 경향은 한편으로 자연스럽게 조국애의 발로라는 모습으로 전개된다.

다음의 시들이 그러한 예증이다.

나의 눈을 뽑아 북악의 산성 위에 높이 걸라
망국의 이리들이여
내 반드시 너희의 그 불의의 끝장을 보리라

…(중략)…

드디어 또 한 번 원수를 이 땅에 이끌고
그 무도한 발길에 무찔려 조국의 산하가 마르고
사직의 주추에 잡초가 더욱 우거지고
망국의 성터 위에 별들이 모여 떠는
수많은 겨레의 생령이 죽어가는 날이 다시 없기를
아아 누가 어찌 기약하료!
내 반드시 너희의 이 불의의 끝장을 보리라.

—「조국이여 당신은 진정 고아일다」 부분

나의 겨레여 들어라.

나라를 찾아 하늘을 우러러 머리 풀고 탄식하던 우리네가

오늘이야말로 뜨거운 손과 손 가슴과 또 가슴으로

말없이 서로 묵약하여야 할 우리네가 밖으로 대해선 오히려

상전보다 떳떳하지 못하고

내 형제끼린 원귀 모양 질투하고 모함하고 나라보다는 당파

를 앞세우고

도리어 남 나라를 조상 같이 위하고 아부함이 없는가.

―「눈초리를 찢고 보리라」 일부

위의 시는 모두가 예언자적 통렬한 목소리로 외치고 있
다. 존 패털슨은 지성을 크게 둘로 나눌 수 있다고 한다. 즉
예언자적 지성과 사제적 지성이 그것인데, 권력구조에 부
단히 비판하며 불의를 고발하는 것은 전자이며 권력의 편
에서 현존 질서와 체제를 옹호하는 입장이 후자라는 것이
다.[86] 그리고 보면 예언자적 시의 기능이 이스라엘 민족에
가장 깊이 뿌리 박혀 있다는 사실에서 알 수 있는 것처럼 자
기의 민족이나 국가가 위기에 처하거나 타민족의 지배하에
놓일 때 시인은 무엇보다 선명한 예언자적 자세를 취하지
않을 수 없는 것이다.

위의 청마의 시들은 바로 그러한 예언자적 시의 기능에

---

86) 존 패털슨, 이호운 역, 『예언자 연구』, 청구문화사, 1970, 13~14쪽.

다름 아니며 또한 그러한 결과는 휴매니즘이 내포한 필연적인 귀결이라 볼 수 있다. 이와 관련하여 김동리는 주목할 만한 발언을 하고 있다.

> ……결국은 민족정신을 민족 단위의 휴매니즘으로 볼 때 휴매니즘을 그 기본 내용으로 하는 순수문학과 민족정신이 기본이 되는 민족문학과의 관계란 벌써 본질적으로 별개의 것일 수 없다.[87]

민족 단위의 휴매니즘을 전제하면서 순수문학과 민족문학이 결국 같은 것이라는 논리다. 이와 같은 논리 위에서 한 걸음 더 나아가 김동리는 청마의 시에 애국시라는 명칭을 부여하게 된다.

그것이 애국시이든 애국시가 아니든 간에 이러한 계열에 드는 청마의 시들은 위에서 본 바와 같이 격앙된 목소리로 외치고 있는데 그 외침이 시적 상상력의 작용과 여과가 없이 직접 토로되고 있기 때문에 일종의 사상의 흥분 상태를 노정하고 있다. 사상이 적절한 정서적 등가물(equivalent thought with emotion)을 얻지 못하고 생경한 관념만이 산문적인 서술로 흘러나올 때 그것은 이미 시의 자리를 포기한 것이나 다름없다.

---

87) 김동리, 앞의 책, 199쪽.

이러한 현상은 '진실한 시는 시가 아니어도 좋다'는 그 자신의 말을 생각하면 오히려 당연한 일인지도 모른다. 그의 말은 바꾸어 말하면 진실한 사상은 시에 우선한다는 의미이기도 한데 이 점이 그가 바로 열렬한 휴매니스트라는 사실을 입증하는 것이다.

왜냐하면 문학에서 사상 문제에 대해서 가장 많은 관심을 갖는 사람이 휴매니스트이며, 또한 휴매니스트는 이 세계에 개인의 욕망이나 능력을 초월하여 완전하고 아름다운 이념들이 객관적으로 존재하고 있음을 확신하고 문학의 필수적 요건으로 그 사상을 엄격히 요구하고 있기 때문이다.[88]

휴매니즘이 요구하는 사상이란 궁극적으로 높은 도덕의식 또는 윤리의식과 통하게 되는데 청마 자신이 문학과 이와 같은 윤리의 관계를 매우 단정적인 어조로 밝힌 바 있어 주목된다.

부정불의한 일 같으면 견딜 수 없을 만큼 흥분하기까지 하기가 일쑤입니다. 그래서 직접 정치나 사회문제에 관한 작품이나 잡문을 써서는 원고를 청해 온 잡지나 신문에서 당국의 기휘를 두려워 은근한 말로 퇴짜를 맞고 더러는 발표되어 진정 애국 애

---

88) 최재서, 앞의 책, 237쪽 참조.

족이 무엇인지를 모르는 권력의 주구들에게서 부당한 지목과 압력을 받고 지내는 것입니다.

그러나 그렇다고 나는 나대로의 정의감이나 인생관을 바꾸든지 굽힐 수는 적어도 내가 글을 쓰는 한에서는 불가능한 일입니다. 왜냐하면 글이나 문학이란 언제나 높은 윤리의 태반을 갖지 않고서야 나아지지가 않기 때문입니다. 윤리를 갖지 않는 글, 윤리의 정신에서 생산되지 않는 문학은 무엇보다 첫째 그것을 읽어 줄 독자가 없을 것입니다.[89]

좀 장황한 위의 인용은 청마의 열렬한 도덕의식의 소산인 일련의 시편들을 명확하게 스스로 설명하고 있다. 문학이 결국 세계와 인간의 관계를 그 근저에 가지고 있다는 본질적 조건을 생각한다면 사실 이러한 도덕의식을 문제 삼는다는 것 자체가 벌써 하나의 넌센스에 지나지 않을 지도 모르는 일이다. 도덕의식이라는 것이 궁극적으로는 세계에 대한 진지한 해석이며 세계내존재로서의 인간의 의미와 행위에 대한 가치의식의 탐구이고 보면 이 범주에 들지 않는 문학이란 있을 수 없는 일이기 때문이다.

따라서 모든 문학가는 이러한 넓은 의미에서 근본적으로 모랄리스트이며 특히 그러한 모랄의식을 열렬히 추구할 때 휴매니스트라는 말을 쓸 수 있을 것이다. 이렇게 볼 때 엘리

---

89) 유치환, 『구름에 그린다』, 신흥출판사, 1959, 151~152쪽.

오트가 문학의 위대함은 문학적인 기준만으로는 평가되기 어렵다고 한 그 유명한 말은 이러한 도덕의식 또는 사상을 전제할 때 바르게 이해되는 것이라 볼 수 있다.

문학적 기준이란 문학적 기교를 포함한 그 형식을 뜻하는 말이다. 그런데 청마의 시에서는 관념이나 사상이 그 시적 형식을 통해 형상화되지 않은 채 진술되는 것이 대부분이다. 이미 앞에서 이미 이야기한 바와 같이 그의 비시적 특성이다. 그러나 다음과 같은 시는 도덕적 사상의 내용이 적절한 시의 형식을 통해 형상화됨으로 해서 감동과 암시에 가득 찬 훌륭한 성과를 보이고 있는 예다.

고열(苦熱)과 자신의 탐욕에서
여지없이 건조 풍화하는 넝마의 거리.
모두가 허기 걸린 게사니 같이 붐벼나는 속을
칼 가시오!
칼 가시오!
한 사나이 있어 칼을 갈라 외치며 간다.

그렇다.
너희 정녕 칼들을 갈라.
시퍼렇게 칼을 갈아 들고들 나서라.
그러나 어기
선(善)이 사기하는 거리에선

윤리가 폭행하는 거리에선
칼은 깍두기를 써는 것 밖에는 몰라
칼은 발톱을 깎는 것 밖에는 감쪽같이 몰라
환도도 비수도
식칼처럼 값없이 버려져 녹슬거니.
그 환도를 찾아 갈라.
비수를 찾아 갈라.
식칼마저 모조리 시퍼렇게 내다 갈라.
그리하여 너희들 마침내 이같이
기갈 들여 미치게 한 자를 찾아
가위 눌러 뒤집히게 한 자를 찾아
손에 손에 그 시퍼런 날들을 들고 게사니 같이 덤벼
남나의 어느 모가지든 닥치는 대로 컥컥 찔러
황홀히 뿜어 나는 그 새빨간 선지피를
희광이 같이 희희대고 들이켜라는데
그리하여 그 목 마른 기갈들을 추기라는데
가위 눌린 허망을 채우라는데
그러나 여기 도둑이 도둑 맞는 저자에선
대낮에도 더듬는 무리들의 저자에선
이 구원의 복음은 도무지 팔리지가 않아
칼 가시오 !
칼 가시오!
사나이는 헛되이 외치고만 간다.

－「칼을 갈라」 전문

'대낮에도 더듬는 무리들의 저자'로 파악된 현실은 낮과 밤의 구별이 이미 붕괴된 불모지의 처절한 상황이다. 그것은 끝없는 밤이며 가치의식이 뿌리째 뽑혀진 절망적 상황을 지시하고 있다. 그리하여 칼을 갈라는 구원의 복음은 보기 드문 시적 박력감을 부여 받는다. 그러나 그러한 복음의 외침이 헛된 것이라는 마지막 행의 뼈아픈 인식은 한 시대의 어둠을 높은 차원에서 완성시키고 있는데 이 시의 감동은 주로 그러한 완성된 어둠과 칼의 첨예한 대립으로서 환기되는 것이다.

이 '칼'이라는 은유는 물론 날카로운 사회비판이나 도덕의식으로 고양된 양심과 그 양심적 투쟁을 기본적으로 가리키는 것이다. 그러나 그 의미의 진폭은 단순하지 않다. 여기서 '칼'의 시적 의미는 멀리 하이네가 '나의 관 위에 검을 놓아다오. 나는 인류해방전에 있어서 용감한 전사였으니까'라고 말한 그 '검'에까지 확장되는 것이다.[90] 열렬한 휴

---

90) Heine, *Memoris*, March 30, 1885. "앞으로 어느 날이든 나의 관 위에 월계화환이 놓여질 만한 자격이 나에게 있는지를 나는 모른다. 시는 내가 평생에 지극히 사랑한 것이었지만 나에게는 신성한 유희에 지나지 않았다. 시적 명성에 대해서 나는 별로 큰 가치를 붙여 본 일이 없다. 사람들이 나의 시를 칭찬하든 비난하든 나는 조금도 개의치 않는다. 그러나 나의 관 위에 검을 놓아다오. 나는 인류해방전에 있어 용감한 전사였으니까(I know not if I deserve that a laurel-wreath should one day be laid

매니스트였던 하이네의 인류해방전이라는 말의 의미는 다름 아닌 시대의 어둠으로부터 인간을 해방한다는 뜻이다. 그러므로 그 해방이란 가치의 불모지로부터 높은 가치의 세계로, 무질서의 세계에서 정연한 가치의 세계로 인간정신을 고양시키는 것에 다름 아니다.

그리고 보면 청마의 이러한 사회비판의 시들을 두고 지적한 조지훈의 다음 말은 매우 적절한 표현이라 할 수 있다.

> 시인 청마는 이미 시인이기 전에 한 사람의 사회사상가로서의 기틀을 잡은 분이다. 그러므로 그의 넓은 시세계 속에서도 그의 관심과 지향이 가장 깊은 곳은 <인간의 윤리>, <사회의 현실>에 대한 불같은 의지였다.[91)]

사회사상가로 청마를 명명하고 있는 위의 글은 그러나, "그는 마침내 혁명가는 아니었다. …… 그러므로 정신의 혁명가 유치환은 실상 겸허한 구도자의 이름으로 바뀌어지는 것이니 그의 시인으로서의 숙명이 있다 할 것이다"라는 매

---

on my coffin. Poetry, dearly as I have loved it, has always been to me but a divine plaything. I have never attached any great value to poetical fame; and I troubl myself very little whether people praise my verses or blame them. But lay on my coffin a sword; for I was a brave soldier in the Liberation War of humanity)."최재서, 앞의 책, 269쪽에서 재인용.
91) 유치환, 시집『보병과 더불어』: 조지훈, 「후기」, 행문사, 1951.

우 암시적인 언사로 끝을 맺고 있다.

청마의 시세계의 근저를 이루고 있는 태반은 앞에서도 누차 밝혔듯이 절대긍정과 표리를 이루는 무와 공의 본질적 세계상이다. 그러기 때문에 그의 자벌기구의 시학이 보여주던 격렬한 대립이 이내 지양적 해소를 이루면서 그 무와 공의 본질세계로 모태적 회귀를 이루듯이 그의 준열한 사회비판적 시들도 결국은 그와 같은 본질세계로 회귀하면서 용해될 것이라는 것을 우리는 여기서 예상할 수 있다.

조지훈이 '정신의 혁명가 유치환은 실상 겸허한 구도자의 이름으로' 바뀌어진다고 말할 때 그 구도자의 이름이란 기실 유치환이 그의 시에서 궁극적인 무와 공의 본질세계를 추구하고 있다는 뜻을 이른 것이다. 청마의 시세계의 본질을 꿰뚫어 본 탁견이 아닐 수 없다.

청마의 그 날카롭고 극렬한 부정의 칼은 예정된 대로 그의 본질세계의 자장 속에서 하나의 관념으로 녹슬게 된다. 다음의 시는 그러한 사정을 보여주는 현저한 예증이다.

소도(小刀)는 찌르는 것, 베는 것!

파르라니 짙푸른 하늘이며 스쳐가는 하얀 구름송이며가 환히 들여다보이는 조그마한 맑은 개울 속에 어쩐 소도 하나가 잠겨 있다.

소도는 찌르는 것, 베는 것!

맑은 흐름은 쉼 없이 이 소도의 도신(刀身)을 헹구고 씻어 흐른다. 흐르기만 한다.

소도는 찌르는 것, 베는 것!

오직 명쾌 예리한 일체 부정으로만 있는 이 쾌도의 불굴한 사변을 달래고 눈 감기고 달래어 그의 결의의 단안을 유화굴복(宥和屈服)시키기에 물은 그의 우유부단한 본성으로 한결같이 어루만지고 귀속거리고 재잘거리고 윤무하기를 말지 않나니,

소도는 단연히 찌르는 것, 베는 것!

그러므로 그는 그의 본연— 비상한 과단(果斷)의 둘레를 쉼 없이 감돌아 드는 온유의 고혹에서 애써 놓여나려 한다. 도사리려 한다.

그러나 칼이 어찌 물을 베랴, 찌르랴!

진실로 반결(反決)할 줄 모르는 선성(善性)의 그 오직 무량한 양 앞에 완악(頑惡)은 마침내 한 개 흉기의 형해로서 녹슬어 가고 허탈된 행위의 그 관념만이 다만 관념만으로 또렷이 씻기어 남아감을 본다.

                              —「흐름에 잠긴 소도」 전문

결국 위의 시가 보여주는 것처럼 그의 격렬한 사회비판과, 시대의 어둠에 맞서 대결하던 휴매니티의 칼날은 보다 근원적인 본질세계의 자장 속에서 무력하게 '관념만으로 또렷이 또렷이 씻기어 남아' 있다. 이것은 이미 자벌기구의 시학에서 보여주던 세계의 부정이 마침내 자연법칙이라는 보다 근본적이고 압도적인 세계를 만나 지양적 해소를 이루듯이 그와 동일한 궤적으로 이해되는 것이다.

그래서 '일체의 부정으로만 있는 이 쾌도의 불굴의 사변'을 '소도는 찌르는 것, 베는 것!'이라며 네 번에 걸친 반복적 확인으로 호출해 내지만, 그것은 이미 다시는 찾을 수 없는 추억의 깊이에 매몰된 것이다.

송욱은 바슐라르의 <내밀성>을 설명하면서 다음과 같은 말을 하고 있는데 위의 시와 관련하여 매우 시사적이다.

> 우리의 추억이 얼마나 우리의 마음 속 깊이, 즉 무의식 속 깊이 들어앉은 것인가를 생각하면, 물이 우리 자신과 매우 친밀한 관계에 있음을 알게 된다. 여기에 친밀하다는 뜻은 물질인 물의 내면적 깊이와 우리 존재의 내면적 깊이가 서로 밀접하고 친근하게 조응한다는 말이다.[92]

내밀성에 있어서 물의 내면적 깊이와 존재의 내면적 깊

---

92) 송욱, 『문학평전』, 235쪽.

이가 밀접하게 조응한다는 위의 발언을 전제할 때, '소도'가 잠겨 있는 물의 깊이는 곧 청마의 추억의 깊이요, 동시에 그의 시세계가 갖는 무와 공의 본질세계의 깊이라는 것을 쉽게 알 수 있다. 마지막 연의 '선성의 오직 무량한 양 앞에' '관념만으로 또렷이 또렷이 씻기어' 간다는 구절은 바로 그러한 논리의 표현이라고 할 수 있다.

또한 노자도 물의 깊이가 본질의 깊이임을 아주 평이하고 간명한 언사로 보여주고 있는데 다음과 같은 구절이 그것이다.

> 최상의 선은 물과 같은 것이다. 물은 모든 생물에 이로움을 주면서 다투지 않는다. 모든 사람들이 싫어하는 낮은 곳에 즐겨 있다. 그런 까닭에 물은 도에 거의 가까운 것이다.93)

노자의 도가 허와 무임을 앞에서 살핀 바 있지만, 그 도를 이와 같이 물이라는 비유를 통해 설명하고 있는 것을 보면 물의 깊이가 얼마나 자연스럽게 본질세계 또는 도의 깊이와 조응하고 있는가 하는 것을 이해할 수 있다. 그래서 청마의 그 열렬한 휴매니티의 칼날은 '선성의 그 오직 무량한' 물 속에서 속절없이 '한 개 흉기의 형해'로 변용될 수밖에 없다.

---

93) 『도덕경』, 제8장. "上善若水 水善利萬物而不爭 處衆人之所惡 故幾於道"

흄의 '휴매니즘은 생명적인 것의 최고의 표현'이라는 말은 그러므로 청마의 시를 해명하는 데 있어서 디딤돌의 구실만을 한 것이 아니라 결국 여기서 결론으로서의 매듭까지 감당하는 표현이 되고 있는 것이다. 왜냐하면 생명의 최고의 표현이란 기실 청마에 있어서는 생명의 원형 즉 무와 공 또는 공성으로서의 정적을 표현하는 것이었기 때문이다. 그리하여 부정의 칼날이 무로서의 본질 속에 관념으로 녹슨다는 시적 표현은 성립하고 있는 것이다.

결국 우리는 다시 한 번 청마의 격렬한 사회비판적 시나 극명한 대립상을 보이던 매저키즘의 시나 모두가 그의 본질적인 시세계의 현상적 결과였으며 그것들이 다시 그 본질세계로 회귀하게 된다는 것을 확인한 셈이다.

다시 말하면 원시생명의 추구가 매저키즘의 양상을 보이다가 종내는 허무의지라는 본질세계로 모태지향의 회귀를 하듯이, 시대의 어둠에 맞선 도덕의식의 대립상이 '생명적인 것의 최고의 표현'을 얻어 역시 그 본질세계로 회귀하게 된다는 말이다.

6. 시와 사상의 신념

문제의 제기에서, 청마의 작품세계의 일관성이 사상의 신념이라는 문제에 관련되어 있고, 또 허무의 본질을 규명하는 과정에서, 그러한 일관성을 초래한 또 다른 하나의 이유로서 생명과 세계의 원형의 추구가 작용한다고 설명한 바 있다.

이제 '비시적 특성'이니 '형이상학적'이니 하고 평가들이 지적하고 있을 뿐만 아니라, 청마 자신이 시적 형식보다 우선시하는 사상 또는 관념 편중의 그 '진실한 시'가 갖고 있는 문학적 한계를 살펴보기로 한다.

우선 시에 있어서 사상이 차지하는 관계와 위치의 규명이 밝혀져야 되는데 이 문제에 대한 진지한 사색은 엘리옷의 논문 「쉑스피어와 세네카의 극기주의」 속에 하나의 극단적인 태도로 선명하게 나타나 있다.

그는 사상가와 시인을 엄격히 구별한다. 시인은 시를 짓고, 철학자는 철학을 구상하고, 벌은 꿀을 만들고, 거미는 실을 뽑아내며, 이러한 행위자들은 다만 행동을 할 뿐이지 그것을 믿는다고는 볼 수 없다고 그는 말한다. 이러한 그의 생각은 다음과 같은 그의 발언에서 보다 구체적으로 드러나고 있다.

나는 쉑스피어의 극은 어떤 것이고 간에 거기에 의미가 들어 있지 않다고 말하고 싶다. 그러나 쉑스피어의 극이 무의미하다고 말하는 것은 의미가 있다고 말하는 것과 마찬가지로 잘못이다. 위대한 시는 모두 어떤 인생관에 대한 착각을 우리에게 준다. 우리가 호머나 소포클리즈나 버어질이나 단테나 쉑스피어의 세계에 들어가면, 우리는 무엇인가 지적으로 표현할 수 있는 것에 접촉하고 있는 듯이 생각하기 쉽다. 왜냐하면 모든 정밀한 정서는 지적 설명을 요하는 경향이 있기 때문이다.[94]

쉑스피어의 어떤 극에도 의미가 없다는 이 극단적인 진술은 곧 시인의 출발점은 자신의 정밀한 정서라는 뜻을 나타내고 있는 것이다. 그러므로 그는 같은 글에서, 사상의 질적 차이는 중요하지 않고 정서의 질적 차이만이 문제가 된다고 말하면서 사상적 시인이란 다만 정서에 든 사상과 동가치의 것을 표현할 수 있는 시인이라고 단정적으로 말하고 있다. 정서에 든 사상과 동가치의 것을 표현한다 함은 이른바 '사상을 장미의 향기로' 표출한다고 하는 것, 즉 정서적 등가물을 획득한다는 말에 다름이 아니다.

이와 같은 극단적인 엘리옷의 말을 좀 더 완화하여 종합해 보면, 첫째 사상이란 정서의 전달자로서 이용되는 소재

---

94) 엘리옷, 이창배 역, 「쉑스피어와 세네카의 극기주의」, 『엘리오트선집』, 을유문화사, 1972, 490쪽.

혹은 도구일 뿐이므로 작가는 사상에 대한 신념을 가질 필요가 없으며, 둘째 정서적 등가물을 획득하여 어떻게 표현하고 있느냐가 문제이지 사상의 진위와 차이는 문제가 아니라는 말이 된다.

바꾸어 말하면 표현주의적 입장이며 예술주의적 문학관임을 알 수 있다. 이러한 엘리옷의 생각은 확실히 현대문학의 전반에 걸친 한 특징으로 파악되지만, 만일 그렇다고만 한다면 그로부터 필연적으로 다음과 같은 난문에 부딪치기 마련인데 과연 그것을 어떻게 설명할 것인가.

1. 시인과 사상가를 엄격히 구별하고 있지만 한 인격 속에서 예술가와 사상가로 그렇게 준별될 수 있는가.
2. 시인이 신념을 갖지 않고도 사상을 표현한다면 문학의 성실성은 어떻게 보장될 수 있는가.
3. 시인이 사상들을 다만 소재로써 작품 효과에 사용한다면 그의 문학세계의 통일성은 어떻게 확보될 수 있는가.

위와 같은 의문은 사실에 비추어볼 때 아주 분명한 것이다. 이 점 때문에 그는 다른 글에서 결국 문학의 위대성은 문학적 기준만으로는 판단하기 어렵다고 말했던 것이리라.

사상은 신념이 아니라는 견해와는 달리 시인들은 그들의 특이한 성격을 그들의 주제로부터 받지 않고 주제에 대한 사상의 적용으로부터 받는다고 생각하여 사상의 신념을 주장하는, 그러나 그 방법에 있어서 매우 온건한 또 하나의 태도가 있다.

심원한 사상의 적용이야말로 시적 위대성의 본질적 부분이라고 보는 매튜 아놀드의 견해가 바로 그것이다. 그러나 그는 사상을 신념으로 보는 입장이지만 언제나 예술적 방법론을 전제하고 있는 관계로 독단론에 떨어질 위험이 없다.

즉 사상이 인생에 적용되는 데는 시적 미와 시적 진실성의 법칙들로 말미암아 영원불변하게 정해진 조건 밑에서되어야 하고, 시는 사상과 예술의 단일체이며, 시는 가장 아름답게 가장 인상적으로 가장 효과적으로 말하는 방식이라는 것이다.95)

그리하여 아놀드는 시의 비평의 기준으로 시적 품질을 평가하는 하나의 시금석을 마련한다. 시적 품질(poetic quality) 즉 시금석(touchstone)은 내용면의 시적 진실(poetic truth) 또는 재료(matter)와 형식면의 시적 미(poetic beauty) 또는 형식(manner)으로 분별한다. 그리고 시적 진실은 다시 엄숙성(seriousness)과 성실성(sincerity)으로 나누어지고, 시적 미는 유려한 조사(liquid diction)와 원활한 운동(fluid movement)으로 나뉘어 나타난다. 여기서

---

95) 위의 책, 254쪽 참조.

시적 진실성 또는 사상의 진실성은 시적 미의 핵심을 이루는 정서와 융합되면서 이른바 감동적인 사상(affecting thoughts)이 되는 것이다.[96]

시가 하나의 언어예술인 이상 당연히 예술적 형식을 무시할 수는 없는 것이며, 또한 언어 자체가 갖는 의미기능을 생각한다면 위에서 본 아놀드의 생각은 아주 당연한 것인지도 모른다. 다만 형식과 내용의 어느 쪽에 중심을 두고 치중하고 있느냐가 문제일 뿐이다.

시에 있어서 사상의 신념이라는 문제를 위와 같은 설명을 전제하고 볼 때 우리는 하나의 결론에 도달한다. 즉 시에 있어서 사상의 신념이란 예술적 형식과 아울러 긴밀한 단일체를 이루어야만 된다는 것이다. 독자에게 감동을 주는 직접적 힘은 물론 정서이지만 단순히 정서만으로써는 감동력이 심각하지도 못하고 지속적일 수도 없다. 정서에다 심각성과 지속성을 주는 것은 실로 사상이 아닐 수 없다.

사상은 관념들의 연쇄로 말미암아 현재의 지각세계와 과거의 경험세계를 연결하기 때문에 정서에다 무한히 깊은 내폭을 주게 된다. 체험은 한 개인의 과거를 건너서 조상들의 과거와 민족의 역사, 심지어 선사지대의 아득한 인류의

---

96) 위의 책, 256~257쪽 참조.

시초에까지 미칠 수도 있는 것이다. 우리가 사색적인 시에서 영원계를 상념하게 되는 것은 그 때문이다.

　문학적 감동은 이와 같이 사상과 예술적 형식의 융합, 또는 사상의 효과적 정서화에 의해 도달되는 것이다. 감동이 지극할 때 사상적 요소는 정서 속에 매몰되어 그 자취를 찾아볼 수 없을 수도 있다. 그러한 상태가 바로 사상이 완전히 체험화된 상태이고 예술적 표현의 상태인 것이다.

　그러나 아무리 진실한 사상과 뛰어난 예술적 표현을 얻었다 할지라도 그 사상에 대한 신념이 없다면 근본적으로 진실한 사상일 수도 없으며 문학적 감동과 성실성을 얻을 수도 없다는 역설적인 논리가 성립된다.

　진실한 사상이란 언제나 그에 따른 신념을 수반할 때 성립한다. 엘리옷의 생각처럼 사상은 소재일 뿐이지 신념이 아니라는 극단적인 예술주의적 입장은 애초부터 모순과 한계성을 지니지 않을 수 없는 것이다. 그러한 모순과 한계성은 상징주의를 거쳐 하나의 극단적인 모습으로 나타난 순수시의 전개과정이 잘 드러내 주고 있다.

　좀 장황한 지금까지의 설명은 청마의 <진실한 시>를 조명할 수 있는 전망점이 된다. 청마에게 있어서 <진실한 시>는 진실한 사상에 다름 아니며, 그것은 '시가 아니어도 좋다'는 그의 말과 같이 예술적 표현을 배제한 단순한 의미

의 진술을 뜻하는 것이다. 그래서 그는 "시는 언제나 제2의
적 가치 밖에 없으며 인생에 대한 나의 사유하고 느끼는 바
를 표현하는 구실 밖에 아니다"라고 말한다.[97] 하나의 극단
적인 내용주의의 입장이다.

인생에 대하여 사유하고 느낀 바의 그 사상은 무엇인가.
그것은 바로 내측에 있어서는 허무의지이며 외측에 있어서
는 사회윤리라는 것이다. 청마는 이런 사상을 굳게 믿었으
며 또한 그 믿음을 평생의 시작을 통해 반영하였다. 그리고
그 믿음은 작품 세계의 일관성으로 나타난다.

이 점을 김춘수는 다음과 같이 말하고 있다.

> 한 가지 주제를 추구하는 동안 청마는 어느 새 시보다는 형이
> 상학에 사로잡힌 사람이 되고 있었다는 것만은 말할 수 있을 것
> 같다. ……청마의 시는 자기가 설정한 형이상학 문제에 대한 끊
> 임없는 성실성으로 하여, 주로 그것으로 하여 좀 색다른 감동을
> 주는 그러한 시라고 생각해 본다.[98]

한 시인에 있어서 그의 작품 세계의 일관성은 어쩌면 당
연한 것이며 또한 필연적인 것인지도 모른다. 그러나 청마

---

97) 유치환, 『구름에 그린다』, 148쪽.
98) 김춘수, 「청마의 시와 미당의 시」, ≪현대문학≫ 통권 149호, 1967.5,
54쪽.

의 일관성이 보여주는 것은 적어도 시가 예술인 한에서 일
종의 만네리즘과도 통하는 것이다. 그러한 만네리즘은 시
인이 선택한 하나의 강한 믿음이 압도적으로 작용하기 때
문에 발생하는 것에 다름 아니다.

따라서 시에 있어서 사상의 강한 신념이란 만네리즘의
연장선상에 공존하고 있는 것이란 것을 알 수 있다. 이것은
엘리옷 류의 사상에 대한 불가론적 입장에 대하여 또 하나
의 극단적인 태도이다.

청마가 규정한 <진실한 시>는 시초부터 만네리즘이라
는 한계를 내포하고 출발했던 것이다. 만네리즘에 떨어진
시는 시의 자리를 포기한 것이나 다름이 없다. 그러므로 그
는 '시인이 아니다'라고 궁색한 자기변명을 하는 것인지도
모른다. 어쨌든 그의 시가 박졸하다거나 무기교의 기교라
거나 할 때에도 그것은 모두 예술적 만네리즘을 지칭하는
것에 불과한 것이다.

7. 결론

지금까지 유치환의 시가 갖는 몇 개의 특성을 중심으로
그의 시세계를 더듬어 보았다.

그의 시가 한결같이 추구하고 노래한 것은 <삶과 세계의 원형>이라는 본질세계였다. 그리고 그러한 본질세계를 파악하는 시적 직관의 방법은 동태를 정태로 포착하는 태도에 근거하고 있다. 그가 도달한 본질세계는 공이나 무로 표현되는 형이상학적인 세계이며 모태회귀적인 상상력을 좇아 수행되었다.

이러한 시의 세계는 자연스럽게 범신론적 발상과 맺어지면서 남궁벽 → 유치환 → 박두진 등으로 이어지는 한국 현대시의 범신주의를 형성하기도 한다.

유치환의 초기시에 상당 기간 지속적으로 나타나고 있는 자벌기구의 시적 방법을 들어 그를 남성주의라든지 대륙풍의 시인이라고 부르는 것은 피상적인 관찰에 지나지 않는다. 그것은 오히려 그가 추구한 시적 본질의 성격으로부터 주어져야 마땅하다. 예컨대 한국문학의 특질을 부정적인 입장에서 관찰하여 여성적 감상주의로 이해하는 견해가 있는데, 이러한 견해에 의하면 고려가요로부터 그러한 여성주의 문학의 연원을 찾고 있다. 반면에 남성주의 문학은 생의 본질과 이상을 여유 있게 탐구한 신라의 향가로부터 비롯한다고 한다. 그리고 여요로부터 비롯한 여성주의 문학은 현대시사에서 한용운 → 서정주 → 고은 등으로 이어지는 계보를 형성하고 있지만, 향가로부터 비롯한 남성주의

문학은 그 뒤에 개화를 하지 못했다고 한다.[99]

　만약 이와 같은 논리의 전개가 타당하다고 수긍한다면 유치환의 시적 본질의 성격은 향가가 소유하는 남성주의 문학의 특질로 접맥될 수 있는 가능성은 충분하다. 그러나 남성주의와 여성주의라는 범주화는 그 개념 틀이 지나치게 일반화되어 있어 시의 세계를 탐조하는 데는 크게 소용되지 못한다. 자칫 그것을 정교하게 적용하지 못할 때는 일종의 범주화의 폭력에 떨어질 염려가 있다.

　한국 현대시사에서 그 유례를 찾아보기 힘든 관념시의 영역을 청마가 지속적으로 개척하였다는 점과, 또한 그가 결국은 어쩔 수 없는 한계에 부딪쳐서 실패하고 만 관념시의 양상이 보다 중요한 문제의 핵심이다.

　청마가 보여준 관념시의 실패는 그가 <진실한 시>로 받아들였던 사상의 단순한 진술에 의거하지만, 그러나 우리가 얻는 반성적 교훈은 다름 아닌 경직된 신념과 예술적 만네리즘이 갖는 긴밀한 관계인 것이다. 이 문제는 신념과 예술에 관한 광범하고 심층적인 분석적 이해를 전제하는 것이기 때문에 자칫 간과하기 쉬운 맹점을 지니고 있는 것이기도 하다.

---

99) 김현, 「허무, 그 바다에서의 부상」, 《문학사상》 통권 24호, 1974.9, 183~185쪽 참조.

따라서 유치환의 시가 갖는 시사적 위치는 보다 광범한 관계가치의 파악을 통하여 이루어지겠지만, 그의 관념시가 차지할 몫과 그에 상당한 평가가 배제되어서는 안 될 것이다.

　이 논문이 거둔 성과가 있다면, 유치환의 시세계가 원형적 본질세계를 중심축으로 하여 자아분열의 세계와 대현실의 휴매니즘 추구의 세계로 나누어지며, 그것들이 언제나 본질세계로 일원화하려는 지향성으로 말미암아 교호적인 모티브를 갖는다는 점을 다소나마 밝힌 것에 있기를 희망한다.

제2부

신석정의 산수시

신석정의 시「그 꿈을 깨우면 어떻게 할까요?」는 그의 첫 시집『촛불』에 수록된 작품으로서 수록 작품 중 밝혀진 창작 시기로 보면 최초의 작품이고 잡지에 발표된 순서로 보면 두 번째의 작품이다.

우선 작품을 보자.

어머니
산새는 저 숲에서 살지요?
해 저문 하늘에 날아가는 새는
저 숲을 어떻게 찾아 간답디까?
구름도 고요한 하늘의
푸른 길을 밟고 헤매이는데…
어머니 석양에 내 홀로 강가에서

모래성 쌓고 놀을 때
은행나무 밑에서 어머니가 나를 부르듯이
안개 끼어 자욱한 강 건너 숲에서는
스며드는 달빛에 빈 보금자리가
늦게 오는 산새를 기다릴까요?

어머니
먼 하늘 붉은 놀에 비낀 숲길에는
돌아가는 사람들의
꿈같은 그림자 어지럽고
흰 모래 언덕에 속삭이던 물결도
소몰이 피리에 귀 기울여 고요한데
저녁바람은 그 무슨 이야기를 하는지
언덕의 풀잎이 고개를 끄덕입니다
내가 어머니 무릎에 잠이 들 때
저 바람이 숲을 찾아가서
작은 산새의 한없이 깊은
그 꿈을 깨우면 어떻게 할까요?

  아직 원숙한 시경에 들어서기 전의 첫 작품임에도 불구하고 그의 시업이 성취한 여러 양질의 시적 가치를 두루 갖추고 있다는 점에서 이 작품은 신석정 시의 한 원형에 해당되는 작품일 뿐만 아니라 명실 공히 대표작의 하나로 꼽을 만하다고 할 수 있을 것 같다.

우선 이 작품을 읽어 보면 자연의 유현한 신비를 아주 소박하고 천진한 말씨로 노래하고 있다는 점에서 이 시가 동양의 산수시 전통에 가까운 토양 위에 뿌리를 내리고 있다는 점을 쉽게 짐작할 수 있다. 산수시란 노장철학의 영향으로 발생하여 도가적 자연을 노래한 시들을 일컫는 말이다. 실제로 신석정 시인은 자기 시의 중요한 원천으로서 노장철학과 도연명을 들기도 하였다. 그의 시를 흔히 전원시 또는 목가시라 하고 그에 따라 그를 전원시인 또는 목가시인이라 부르는데, 물론 그러한 호칭이 크게 틀린 것이라고 볼 수는 없지만, 그런 점에서 그의 시를 서양문화의 전통을 배경으로 해서 발생한 그러한 명칭으로 부르는 것보다는 동양의 문학전통에 따라 산수시라고 부르는 것이 더 나을 듯싶다.

　지극히 단순한 구조와 더할 수 없이 소박 평명한 말씨로 이루어진 이 시를 읽고 나서 우리는 적이 놀라게 된다. 복잡하고 어려운 구석이라곤 한 군데도 찾아 볼 수 없이 마치 동시를 읽듯 너무 쉽게 읽혀지고 이해되기 때문이다. 그럼에도 불구하고 꼭 집어서 무어라 말하기 힘든 잔잔한 감동의 여운을 주면서 독자로 하여금 자신의 내면으로 침잠하게 하는 부드럽고 조용한 힘을 지니고 있기 때문이다.

　이렇게 부드럽고 조용한 힘은 어디서 오는 것일까.

이 작품은 전 2연으로 구성되어 있다. 제1연은 화자가 서 있는 인간의 유위 세계를 암시한다고 볼 수 있고, 제2연은 자연의 무위 세계를 암시한다고 볼 수 있을 듯하다. 유위 세계인 마을과 무위 세계인 숲은 '안개 끼어 자욱한 강'을 사이에 하고 나누어져 있다. 그리고 시 전체는 마을에 있는 화자가 던지는 4개의 물음을 날줄로 하여 시적 세부들이 씨줄로 짜여진 얼개를 보여준다.

맨 먼저 화자는 이렇게 묻는다.

> 어머니
> 산새는 저 숲에서 살지요?

이 물음은 산새가 숲에서 살고 있다는 사실을 몰라서 묻는 물음이 아니다. 그 사실을 알고 있으면서도 어머니에게 그 사실을 확인하고 다짐하면서 두 번째의 물음을 도인하기 위한 이른바 접촉 또는 <친교적 기능>의 말일 뿐이다. 따라서 이 물음은 정상적인 물음이 아니다. 이렇게 보면 이 시는 결국 3개의 물음을 축으로 구성되어 있다고 말할 수 있을 것 같다.

그런데 이 물음이 아닌 물음의 형식은 친교적 기능을 넘어서 기묘한 의미의 파동을 일으킨다. 다시 말하면 이 물음은 새나 나무와 같은 객관적 대상을 가리키면서 '이것은 무엇이지요?'라고 묻는 것과는 본질적으로 다르다는 말이다. 객관적 대상이 무엇인지 몰라서 묻는 물음은 단지 지적인 앎, 즉 지식을 위한 것이다. 그러나 이 시의 물음은 '산 속 옹달샘은 누가 와서 먹나요?'라든가, '나는 여기에서 살고 산새는 숲에서 살지요?'와 같은 꼴이다. 그것은 단편적인 지식의 불모성을 위한 것이 아니라 일종의 혈연적 일체감 또는 하나의 생명적 공감을 확인하기 위한 말이라고 할 수 있다.

유정물과 유정물 사이는 말할 것도 없거니와 유정물과 무정물 그리고 무정물과 무정물 사이의 일체감이야말로 도(道) 또는 도가적 자연에 대한 전형적인 시적 표현이라 할 수 있는 것이다. 천지만물은 하나의 도 또는 자연으로부터 나와서 다시 그 하나의 품으로 돌아가기 때문이다. 주객합일 또는 장자의 용어로 심여물명(心與物冥)이라 할 수 있는 이러한 생명적 공감과 일체감의 표현은 이 시의 바탕이 되고 있다. 이 시에서는 '나─산새─구름', '나─산새─보금자리', '나─모래언덕─물결─피리 소리', '나─저녁바람─풀잎', '나─바람─숲─산새' 등이 바로 그러한 일체감의 관계라 할 수 있을 것이다.

자연과의 일체감 속에서 화자는 비로소 3개의 물음다운 물음을 던진다.

해 저문 하늘에 날아가는 새는
저 숲을 어떻게 찾아 간답디까?

　밝은 대낮에 구름도 하늘의 푸른 길을 잃고 헤매는데 새
는 어두운 하늘을 날아 어떻게 숲을 찾아 가느냐고 묻고 있
다. 이어서 또 다음과 같이 묻는다.

스며드는 달빛에 빈 보금자리가
늦게 오는 산새를 기다릴까요?

　석양에 어머니가 나를 부르듯이 빈 보금자리가 산새를
기다리겠느냐고 묻는 것이다. 나와 어머니의 유위 세계와,
새와 보금자리의 무위 세계의 미묘한 차이를 드러내면서
짐짓 그 양자를 같은 차원에서 동일하게 비교하고 있다. 그
리고 한 걸음 더 나아가, 앞 물음에서 어두운 하늘을 날아가
는 새와 구름을 비교하듯이, 무위 세계의 관계만을 다시 한
번 들어 묻는다.

저 바람이 숲을 찾아가서
산새의 꿈을 깨우면 어떻게 할까요?

　일견 유치한 이러한 물음들은 정상적인 어른의 물음이 아

니다. 저물도록 '강가에서 모래성 쌓고' 노는 어린아이나 할 수 있는 물음이다. 어른은 자아가 굳게 형성되어 있고 그 자아를 중심으로 지식이 많이 쌓여 있기 때문에 그러한 자연현상에 대하여 묻지 않는다. 장자의 말대로 하면, 마음이 비어 있어야 천연의 도를 맞이할 수 있는데 어른은 온갖 분별적 지식과 욕망으로 자기의 빈 구멍을 모조리 틀어막고 있어서 도를 맞이할 수가 없다. 어른은 자아중심의 상대적이고 파편적인 허위의 지식 밖에 가지고 있지 않기 때문에 전체적인 진리에 대해서 전혀 모른다.

그러나 어린아이는 자기의 빈 구멍을 틀어막아서 생기는 자아가 아직 형성되어 있지 않기 때문에 분별적인 지식이 없다. 그는 텅 비어 있고 아무것도 모른다. 지적으로 무지하기 때문에 어린아이는 영혼이 맑게 열려 있고 참다운 앎을 받아들일 준비가 되어 있다. 그리고 어린아이는 어른과 같이 머리와 가슴이 분열되어 있지 않기 때문에 전체적이다. 그는 어른처럼 부분적인 머리만으로 아는 것이 아니라 전체적인 느낌으로 안다. 또한 느낌은 전체적이기 때문에 언제나 전체와 조화를 이루게 된다. 다시 말하면 전체적인 느낌은 방관자적 앎이 아니라 참여적인 생명적 사랑이라 할 수 있는 것이다. 그래서 어린아이는 순진하게 묻는다. "저 바람이 숲을 찾아가서 / 산새의 꿈을 깨우면 어떻게 할까요?"

순진함이란 순수하고 천진함을 이르는 말이다. 순수함은 잡티로 얼룩지지 않은 전체성을 말하는 것이고 천진함은 하늘이 품부한 대로의 자연성을 말하는 것이다. 순진한 어린아이는 자아가 형성되어 있지 않아 텅 비어 있기 때문에 만나는 사물마다 하나가 되어 전체적인 조화를 이룬다.

이 시에서 보는 바와 같이 모든 사물이 일체화되고 사람과 자연이 일체화된다. 어린아이의 순진성이 만물과 하나로 조화되는 것은 마치 도의 텅 빔이 깊고 멀어서 만물의 근원이 될 수 있다(淵兮似萬物之宗)는 노자의 말과 비교된다. 그래서 노자는 도를 한없이 부드럽고 약한 것이라 말하고 무위자연의 도에 가까운 것이나 그 도에 순응하는 것을 말할 때는 으레 어린아이에 비유하고 있다.

그런데 이 시의 화자인 어린아이는 독백조로 말하고 있긴 하지만 분명히 어머니를 향하여 묻고 있는 대화를 하고 있다. 한 마디의 대답도 없이 침묵으로 일관하고 있는 어머니에게 어린아이는 거푸 대화체의 물음을 던지고 있는 것이다. 어린아이에게 어머니는 일차적으로 현실적인 어머니를 뜻하는 것이지만 언제나 그 이상의 함의를 지니고 있음도 부정할 수 없는 일이다. 왜냐하면 낳고 길러주며 모든 문제를 해결해 주는 어머니야 말로 어린아이에게는 신과 같은 절대적 존재로 비칠 수밖에 없기 때문이다.

이 시에서도 어머니는 그와 같은 신비한 힘을 지닌 절대자의 함의를 지니고 있다고 보아야 할 것이다. 앞에서 이야기한 바와 같이 어린아이의 순진성이 도가적 무위자연의 한 비유적 형상이라고 한다면 마찬가지로 어머니는 만물을 낳고 기르는 자연 또는 도 자체를 함축하는 의미로 볼 수 있는 것이다. 노자는 어머니와 어린아이의 이와 같은 관계를, "쓸모 있는 다른 사람들과 달리 나만 홀로 어려서 생육해 주는 어머니를 소중히 여긴다(我獨異於人 而貴食母)"라고 말하고 있다. 어머니는 바로 도 또는 자연 자체인 것이다.

이제 글머리에서 이야기한 바와 같이 지극히 단순하고 쉽게 읽혀지는 이 시가 일으키는 잔잔한 감동의 그 조용하고 부드러운 힘은 어디에서 오는 것인지 그 답을 물어볼 차례가 되었다. 앞당겨 말하자면 독자를 자신의 내면으로 침잠하게 만드는 그 부드러운 힘은 어린아이와 어머니 사이에서 생기는 그 예사롭지 않은 형이상학적 자장에서 발생한다. 순진한 어린아이가 어머니에게 거푸 묻고 있는 것은 다른 것이 아니라 바로 무위자연의 심원한 뜻인 것이다.

만일 이 시가 어린아이가 쓴 동시라면 이와 같은 풀이는 불가능하다. 어린아이가 쓴 동시에서도 어린아이 화자가 등장하여 얼마든지 이 시에서 보이고 있는 바와 같은 물음을 형상화할 수는 있다. 그러나 동시를 쓴 어린아이도 동시의 어린아이 화자도 그 물음에 대한 의식의 깊은 자각은 없다. 그것은 있을 법한 어린아이의 순진한 물음일 뿐인 것이다. 아무리 그 물음이 기발한 것일지라도 기특한 것일 뿐 내면의 감동은 자아내지 못한다.

그러나 이 시는 어린아이가 쓴 동시가 아니다. 이것은 노장철학의 영향을 바탕으로 시를 썼다고 술회하고 있는 사려 깊은 시인이 짐짓 어린아이로 분장하여 노래하고 있는 작품이다. 어린아이의 동시가 무의식적인 것이라면 신석정의 이 시는 자각적인 것이다. 다시 말해서 실제의 어린아이가 갖는 자발성은 자연의 그것이긴 하지만 무의식적인 것이고 이 시의 화자가 갖는 자발성은 자연의 그것이긴 하지만 의식의 자각을 전제하고 있는 것이다.

이 시에서 어린아이가 어머니에게 순진하게 묻고 있는 것은 순전히 무위자연의 도를 시적으로 드러내기 위한 시인의 고도한 시적 전략이다. 노자는 무위자연에 순응하여 작위함을 드러내지 않는 것을 일러 <드러나지 않는 밝음>, 즉 습명(襲明)이라고 말하고 있는데, 이 시에서 어린아이 화자를 내세워 순진한 물음을 던지게 하는 것은 바로 이 습명을 통해 무위자연의 도를 드러내기 위한 것이라고 할 수 있을 것이다.

이와 같은 형식의 대화는 언제나 심원하고 신비한 느낌

을 불러일으킨다. 하이데거의 말대로 철학자의 존재사유와 시인의 시작이 다 같이 존재를 이끌어 내는 <근원적인 대화>라고 한다면 이 시에 보이는 물음 형식의 대화가 바로 그러한 근원적 대화에 다름 아니기 때문이다.

(석정문학 17집, 2004)

시력(視力)과 안개의 변증법

—최은하 시집 『왕십리 안개』

1.

한 시인의 작품세계를 이야기할 때 우리는 흔히 그 작품세계의 독창성이나 개성적 특성을 지적하곤 한다. 그렇다면 문학에 있어서, 아니 특히 시에 있어서 이러한 독창성 혹은 특성이라고 하는 것은 보다 근원적으로 무엇을 의미하는 것일까. 작품이 전달하고 있다고 믿어지는 어떤 관념 내용이나 또는 새로운 정보를 두고 말하는 것인가. 아니면 형식주의자들이 말하는 독특한 구조 자체—일테면 형식과 내용이 모두 상호의존적으로 그 구조에 참여하여 이미 분가분의 전체를 이루고 있는—를 두고 말하는 것인가. 물론 위의 두 가지 모두 이에 해당한다. 그러나 이러한 것들은 결국 따지고 보면 독창성이라는 결과요 표층적 의미에 불과한 것이지 이미 그것의 원인이거나 핵심적 의미는 아니다.

한 작가의 개성이나 작품세계의 특성을 드러내는 보다 본질적인 구조는 작가가 그가 살고 있는 세계와 구체적으로 어떻게 만나고 있느냐 하는 만남의 방식, 즉 다른 말로 지각의 방식에 의해서 보다 잘 설명될 수가 있다.

지각이란 감각을 통한 앎이다. 말하자면 시인이 지각하는 세계는 진공 속에 있는 것도 아니요 추상적 공간도 아니다. 그것은 시인의 삶이 영위되고 있는 구체적인 현실을 의미한다. 따라서 한 시인의 작품 전체를 관류하고 있는 기저음을 파악하기 위해서는 현실적 세계와 교섭하고 있는 시인의 감각기능을 특히 유의하지 않으면 안 되리라.

이러한 생각들을 염두에 두고서 최은하 시집 『왕십리 안개』를 볼 때, 대뜸 눈에 띄는 것은 시인의 시각과 그 시각을 무력하게 만드는 현실적 대상과의 관계다. 말하자면 <시력의 무력화>라고나 표현해야 할 이 모티프는 이 시집 전체를 통하여 반복되고 있다.

> (1) 아들놈의 숙제를 도우며
>   미술 교과서에서 날지 못하는 새 한 마리를
>   들여다 보며 손가락 끝으로 찌르고만 있었다.
>   온갖 물정(物情)은 얼어붙어
>   빛나는 칼날로 눈을 부시게 한다.
>
>   —「인동(忍 冬)」

(2) 모두들 반겨맞는 자리,
　　　먼 발치에서 나는
　　　해열제를 복용하다가 깨어나
　　　아침부터 자욱한 황사 속
　　　감춰둔 구근(球根) 몇 날을 골라
　　　바른 양지에 가려 묻는다.

　　　비껴가는 꽃바람에
　　　저마다 비좁게 휘청이는 거리에서
　　　나는, 지난 겨울 갑자기 흐려진 근시로
　　　안과의를 심방하는 사정이다.

　　　　　　　　　　　　　　　　　－「조춘근황(早春 近況)」

(3) 대꾸도 없이 스치는 이들이
　　　저마다 자(尺)를 감추어 물고
　　　비껴설 수 없이 몰려오는데
　　　바람막이 안으로 몰린 나는
　　　골목 위에 매달린 연(鳶)을 바라보며
　　　귀를 막고 서성인다.
　　　헛도는 동공이 아리다.

　　　　　　　　　　　　　　　　　－「한겨울 도회지에서」

(4) 아무리 힘을 주어 내디뎌도
　　　둥둥 유영(遊泳)일 뿐이네.

오늘도 눈동자가 쓰리고
보이는 모두가 뒤흔들려 휘청거리네.

                              ㅡ「소일(消 日)」

　(1)에서 시각의 무력화를 초래한 것은 '온갖 물정이 얼어
붙어'있기 때문이다. (2)에서는 '자욱한 황사'와 '비껴가는
꽃바람' 때문에, (3)에서는 '저마다 자(尺)를 감추어 문' 사람
들 때문에 눈은 아프고 그 기능을 다 하지 못한다. (4)에서는
그렇게 눈을 아프게 하는 온갖 대상들이 음주 행위로 상징
적인 굴절을 이루고 있다. 이외에도 이와 같은 시력에 관한
모티프를 직접적으로 드러내고 있는 작품들은 「미수(未遂)」,
「초가을 문턱」, 「왕십리 안개」, 「저녁 산을 내려오며」, 「안
개꽃」 등등 이루 예거할 수 없을 정도로 빈번히 나타난다.
　우리는 여기서 시인의 눈을 아프게 하고 무력하게 만드
는 현실적 대상, 즉 시인이 구체적으로 지각하고 있는 삶의
세계가 매우 고통스럽고 경색(梗塞)된 것임을 알 수 있다. 시
에 나타난 대로 그것은 인정이 매마르고 이해타산만이 앞
서는 세계, 맹목적 물질주의로 인해서 보다 참된 인간적 관
계와 삶을 유지할 수 없는 세계, 곧 바람직한 내일의 인간적
삶을 바라볼 수 없는 '황사'와 '안개'와 '바람'의 세계인 것이
다. 이렇게 안개로 차단된 시력의 무력화를 다른 말로 표현

한다면 고통스런 현실에 대한 갈등과 절망감이라고 할 수 있을 것이다. 현실에 대한 이러한 고통과 절망의 해소는 우선 체념으로 나타나기 쉽다.

저렇듯 어둠에 갈앉는 시야가 평화로운 건
내 비로소 해맑게 비어있는 까닭이겠지.

군이 풀리지 않던 매듭일랑
덮여오는 어둠 속으로 내던지고
조용해야지, 한 순간은
돌아앉아 눈 감아야지.

　　　　　　　　　　　　　　　－「저녁 산을 내려오며」

　잠시나마 '시야가 평화'를 찾고 기능을 회복하기 위해서는 고통스런 현실적 삶의 '풀리지 않던 매듭'을 내던지고 '돌아앉아 눈 감는' 수밖에 없는 것이다. 그러나 이것은 어디까지나 일시적인 회피 수단에 불과한 것이며 근본적인 해결책은 못된다. '황사'와 '안개'의 세계로 인식하는 것은 물론 시인의 너무나 맑고 고운 눈과 이상 때문이지만 우리는 여기서 잠정적으로 이런 질문을 던질 수 있을 것이다. 시인은 왜 고뇌의 안개 너머로 투시해 보려는 의지를 보이지는 않는 것일까?

2.

　인간은 현실에 절망할 때 현실 너머의 또 다른 세계를 꿈
꾼다. 세계의 모순과 결핍이 그리고 불완전함과 갈등이 심
하면 심할수록 그가 발딛고 있는 어두운 지상을 떠나 이상
적인 세계, 혹은 천상을 향한 비상의 욕망은 더욱 강화되는
법이다. 최은하의 시에서도 이러한 상승의지는 크게 예외
가 아니다. 그러나 그 양상은 아주 특이하다.

　　(1)
　　비에 젖은 하늘은 골목을 가득 덮고
　　거기 주인을 정한 팽이들이 엇비슷하게 맴을 돌다 쓰러지고

　　무거운 그림자 속으로 휘도는 조명 따라
　　휘저어 날아가는 한 마리 암장의 새여.

　　길은 어디고 갈림 길이었고
　　어둠은 나직이 깔앉아 내리고만 있었다.

　　　　　　　　　　　　　　　　　　　ー「노정기(路程記)」

　　(2)
　　날이 훤히 든 진포리 하오의 반공(半空)엔

솔개 하나 맴을 돈다.
비끼는 구름 저 편에서
거의 날마다 까마득히
높이 떠 무얼 지키는 것이겠지.
한가롭지만은 않다.

…(중략)…

매어 사는 발길로
떠나지 못하는 왕십리
휘젓는 목에 물음만 첩첩 막히고 쌓여
누군가 무얼 짚어 살피느라 숨이 가쁘다.

―「왕십리 안개」

(3)
각도가 사뭇 다른 눈을 번쩍이어
궤도 밖 일들도 두루 살피며
그 얼마나 부풀기만 했던 아침이요
내일이었던가

그러나 풍선은 하냥 새로운 의식으로
허공에 알맞게끔 낙착되어
차라리 눈이 멀고 귀가 먹어서까지
터져버리지 못하는 자결을
속속들이 달래며 매어 있다.

한낮이나 저녁 녘의 사위가 온통 어지러워도
어지러움과 함께 돌며
똑바로 서서 지키는 팽이처럼
풍선은
침묵으로 벅차게 떠돌며
제 원심력을 고이 다스린다.

― 「풍선은」

인용된 시들을 주의 깊게 보면 서로 상반되는 방향으로 움직이는 두 힘, 또는 이미지로 표상되어 있음을 볼 수 있다.

(1)을 보자. 지상을 벗어나려는 상승의지는 '팽이'가 갖는 원심력으로 표현되어 있고, 또 '날아가는 한 마리 암장의 새'로 나타나 있다. 그러나 그것은 지상의 인력에 의해서 곧 '맴을 돌다 쓰러지기' 마련이고 그 나는 새조차 지상적 삶의 조건에 암장된 새이다. 말하자면 비상의 힘은 이미 제한되어 있고 상승의지는 좌절이 기정사실로 예기되어 있는 것이다.

(2)의 '솔개'는 물론 문명에 의해서 파괴되어가는 자연, 곧 솔개의 옛 삶의 고향을 병치시킨 상징적 수법이지만 그러나 시의 전체 문맥으로 보아서는 역시 시인의 상승의지를 표상하고 있다고 볼 수 있다. 그러나 이것도 '매어 사는

발길로 / 떠나지 못하는' 비상의 좌절을 드러내고 있다. (3)
에서도 '풍선'은 물론 천상을 향하여 나르지만 그것도 '허공
에 알맞게끔 낙착'된, '팽이처럼' 된, '제 원심력을 고이 다스
리는' 한계상황 속의 비상일 뿐이다.

> 아무리 힘을 주어 내디뎌도
> 둥둥 유영일 뿐이네.

－「소일」

  한계지워진 비상, 혹은 예기된 좌절은 일테면 여기서처럼
'유영'일 것이다. 인간은 꿈을 꾼다. '황사'와 '안개'로 내일의
인간적 삶이 불확실할 때 꿈의 날개는 물체화 되어 더욱 강
대한 추진력을 갖는다. 그러면 반공에 매어 있는 비상이나
비상을 닮은 유영은 무엇을 의미하는 것일까. 물음은 아마
도 시인의 지상적 삶의 조건에 대한 참담하고 비극적인 수
용과 저항의 몸짓을 인정한 뒤의 것이어야 마땅하리라.

> 잠자리에서는 웅덩이에서 솟아오르는 물거품 위에
> 엉켰다가 사라지고 또 살아오르는 건강한 풍뎅이 한 마리를
> 잡아
> 땅에 금을 긋고 지우며 놀았다.

웅덩이 주위엔 끌 수 없는 불길이 휘돌아 헛바닥처럼 날름거
리고
나는 산란한 꿈자릴 뒤척이고만 있었다.

―「한식날에」

여기 『웅덩이』가 함축하고 있는 바 시적 의미는 시인의
내면적 갈등, 고여 있는 분노, 그리고 현실에 대한 절망과
응시의 눈물 등일 것이다. 바로 이런 웅덩이에서 인간은 가
장 자연스럽게 미지의 세계를 꿈꾸게 된다. 그 꿈의 상승의
지는 한 마리 '건강한 풍뎅이'로 화육(化肉)되지만 그러나 그
것은 날개의 정상적 기능을 잃고 목이 비틀려 예의 '팽이처
럼' 원심력을 다스리며 돌고 있는 비극적인 모습이다. 말하
자면 꿈을 꾸면서도 또는 비상하면서도 끝내 이 지상을 떠
나지 못하는 인간 실존의 비극적인 자기 확인이다. 그러면
서도 웅덩이 주위의 '끌 수 없는 불길', 곧 영원히 소진되지
않는 비상의 욕망으로 인하여 인간의 현실적 삶이 지닌 모
순 구조는 극명하게 드러나는 것이다. 웅덩이의 <물>과
<불>의 병치는 그 모순의 극적인 표현이 아닐 수 없다.
　최은하의 시에서 보이는 이상과 같은 상승의지의 좌절은
<솔개=풍선=팽이=풍뎅이=암장된 새> 등으로 등식화
되는 의미의 축으로 간명하게 표현될 수 있으리라.

3.

안개에 의해서 시력이 차단되었을 때, 즉 현실적 삶에 절망했을 때 시인의 눈과 의식은 미지의 세계를 향하여 비상했다. 그러나 또한 그 비상이 좌절되었을 때, 아니 그 비상이 처음부터 하나의 숙명적 배반임을 알았을 때 인간은 슬프게도 자신의 발은 줄곧 지상에서 한 치도 떠나지 않았음을 새삼 뼈아프게 깨닫게 된다. 그리하여 시인은 다시 '얼어붙은 물정'의 세계 속에서 따뜻한 삶의 근원을 모색하고 멀리 바라볼 수 있는 안정된 '시야'를 찾게 되는 것이다. 그러면 최은하의 시적 모색이 찾아 낸 것은 무엇일까?

> 넌 흥건히 물 오른
> 한 그루 나무로 서서
> 휘휘 엄동(嚴冬)을 벗어 날리며
> 내 얼부푼 속살까지 녹히고
> 눈 감아버렸던 옹어리를
> 매만져 푸는 숨결이다.
>
> …(중략)…
>
> 넌 그 날로부터
> 내 눈의 높이에서

강 건너 불
울타리 안의 불지름이다.

—「내 눈의 높이에서」

여기 보이는 바와 같이 이제 시인의 눈은 '허공에 낙착된' 반공에서 하강하여 지평의 높이에서 그 시야의 의미와 인식을 찾고자 한다. 이것은 끝내 지상적 삶을 떠날 수 없는 인간 실존의 숙명적 회귀성을 암시하고 있는 것이다.

그러면 지평적 '눈의 높이에서' 그가 찾은 것은 무엇인가? 바로 그것은 '눈 감아버렸던 응어리'를, 즉 앞의 (1)에서 살핀 바 잠시 체념해버린 현실적 삶의 고통스런 매듭을 '매만져 푸는' 그야말로 따뜻한 지상의 인간적 사랑이다. 이 사랑, 혹은 정의 세계야말로 황사로 자욱한 현실에 있어서는 하나의 구원한 등불이 아닐 수 없다. 그래서 시인은 '네 이름의 등(燈)을 새겨 다듬는/ 석수(石手)로 되어 남으리라, 언제나 나는'이라고 「네 이름의 등」에서 노래하고 있다.

그러나 문제는 이러한 사랑과 정조차도 끝내는 성취될 수 없는 꿈이라는 점일까?

비에 젖은 호주머니 속의 불씨를
무거이 매만지다가

꿈자리에서 고함소리로 제 풀에 일어나
침침한 눈을 부빈다.
눈알을 부빈다.

                                                              -「안개꽃」

　불씨는 처음부터 비에 젖어 있다. 따라서 다시 시야는 '안
개꽃'으로 침침하게 어두워지기 마련인 것이다. 「내 눈의
높이에서」도 그 사랑의 불은 '강 건너 불'로 표현이 되어 있
다. 이와 같이 최은하의 시적 모색이 도달한 사랑과 인식과
정의 세계라는 구원의 등불은 좌절과 회한을 예기한 것으
로서 언제나 시공의 뛰어넘을 수 없는 간격을 전제하고 있
는 것 같다. 「어느 봄날에」에서는 '묵은 사진첩' 속에서, 「뜨
거운 네 시간을」에서는 먼 거리 밖의 외지로, 「율법」에서
는 사자(死者)의 세계로, 그 사랑의 거리는 나타난다.
　말하자면 항시 삶의 근원으로서의 긍정적 가치인 사랑의
등불은 일정한 시공의 간극을 사이하고서만 드높여지고 확
인되는 것이다. 그것은 하나의 모순이고 부조리라 할 수 있
다. 일테면 지상적 삶의 뒤틀림이거나 존재의 근본적인 모
순 구조인 것이다. 이러한 현실과 삶의 양면, 곧 밝음과 어
둠, 희망과 좌절 등이 동시적으로 시적 등가물을 획득했을
때 이른바 시적 리얼리티는 비롯되는 것이리라.

다음의 시는 이러한 삶의 비극적 모순 구조를 거기에 상응한 형상화를 통하여 적절하게 결구시킨 예라 할 수 있을 것이다.

> 너로 비롯한 신열(身熱)과 어둠
> 눈 감아도 꿈길은 화안했다.
> 그리고 약(藥)을 구할 줄 알았고
> 병과 함께 사는 법도 배웠다.
>
> —「연 가」

지금까지 살펴본 최은하의 시 세계는 한 마디로 말해서 세계를 보는 그의 시각이 빚어 낸 변증법이라고 할 수 있을 것이다. 누군가 말했듯이 시인은 무엇보다 먼저 시인(視人)인 것이다. 어떻게 보느냐, 어떻게 세계와 만나느냐 하는 방법적 고뇌야말로 늘 정신을 깨어있게 만드는 근본적 동인인 것이다.

최은하의 시각은 처음 지상의 안개에 차단되어 천상을 향했다. 그러나 상승은 좌절되고 다시 하강하여 지평적 시야 속에서 안개의 어둠을 극복할 수 있는 등불을 발견하지만 그것도 끝내 달성할 수 없는 것임이 밝혀졌다.

이제 우리는 (1)에서 던진 잠정적인 질문을 여기서 다시

꺼낼 수 있을 것이다. 왜 시인은 안개 너머로 투시해 보려는 의지를 명철히 보이지 않을까? 이 질문은 어쩌면 한국 현대 시사 전체에 해당되는 것이기도 하다. 한국 현대시의 취약 점이야말로 바로 이 현실을 꿰뚫어 보려는 형이상적 충동 의 결여로 지적될 수 있기 때문이다.

민요에 있어서 체념을 통한 초월의 형식은 그대로 한국 시의 일반적 감성을 형성시키고 있다. 이러한 이유로 해서 인간의 삶과 현실이 빚는 그 긴장과 모순이, 또는 삶의 현실 자체를 살아있는 하나의 전체로 거머쥐는 힘이 우리 시에 는 결여되어 있는 것이 아닐까. 현실의 디테일에 잠입하기 전에 벌써 개념적 선입견에 안이하게 기대거나, 체념에 의 한 초월, 혹은 외면에 의한 도피, 바로 이러한 것들이 그간 한국시의 부정적 측면으로 지적되어 온 것들이다.

이런 관점으로 최은하의 시를 조명해 볼 때 그 앞에는 하 나의 문제가 남는다. 그건 단순하지만은 않은 이 다면적 삶 의 현실을 그리고 그 밝음과 어둠을 어떻게 생략하지 않은 채 살아있는 구조로서 드러내느냐 하는 것이다. 바꾸어 말 해서 저 현실의 밑바닥 세부까지를 꿰뚫어 보고 완성시키 려는 의지와 강인한 시력을 기르는 동시에 그것을 유지하 는 것이 앞으로 남은 숙제일 것이다.

(왕십리 안개, 한국문학사, 1981)

사물의 질서

―「함동선시선」

    무엇보다도 우리가 시를 읽을 때 놓쳐서는 안될 즐거움의 하나는 시 속에 표현된 사물들의 질서와 친화력을 발견하는 일이다.

    우리가 악전고투하고 있는 일상의 현실세계는 실상 모든 사물들이 지리멸렬 뿔뿔이 흩어지고 부서진 채 버려져 있다. 돌맹이와 나무는 돌맹이와 나무대로, 새와 짐승은 또한 그것들대로, 너는 너대로 나는 나대로 모두가 필연적인 유대를 상실한 채 제각기 부유하고 있다.

    이렇듯 스산하게 버려진 온갖 물상들을 시인은 그 짧은 한 줄의 글 속에서나마 모두 있어야 할 자리에 혹은 세우고 혹은 앉히며 상견례하듯 서로서로 얼굴을 마주보게 한다. 이렇게 해서 현실과는 사뭇 다른 또 하나의 세계, 이른바 시적 질서의 세계가 탄생된다. 이러한 세계를 우리는 친화력의 세계라고도 부른다.

시를 읽는 동안 독자는 이 낯설고 황폐한 현실을 떠나 그와 같은 은유의 고향으로 깊이 잠길 수 있다. 바로 이것이야말로 어쩌면 시가 지닌 가장 본질적인 미덕이리라. 물론 모든 시가 이렇듯 친화력의 세계를 표현하고 있는 것은 아니다. 오히려 지리멸렬한 현실의 뒤틀림을 강조하여 삶의 신산함과 어려움을 말하는 소위 아이러니의 세계도 있다. 그러나 이것조차도 근원적으로는 반어적인 욕망의 표현인 것이다.

함동선 시인의 시는 바로 위에서 말한 친화력의 세계를 요란하지 않은 방법으로 우리들에게 내보이고 있다. 말하자면 그의 말씨는 귀에 익은 고향 사람의 어투여서 유난스러운 데는 없지만 정겹고 순직하여 마음이 놓인다.

바꾸어 말하면 그의 말은 치장하지 않아서 눈에 잘 띄지 않지만 그만큼 진솔하고 설득력이 있으며, 변색되지 않은 처음의 감동을 그대로 전달하는 힘이 있다는 말이다. 시인이 스스로 자서에서 "기계문명의 와중에서도 지배당하지 않는 '사랑'이란 인자는 시뿐만 아니라 모든 예술이 회귀하고자 하는 인간의 근본적 대명제다"라고 말하고 있는 것을 보면 그의 시가 표현하고 있는 친화력의 세계가 어떤 것인

지 그리고 그의 조용한 어법이 어디서 유래한 것인지 충분
히 짐작이 된다.

(경희대학보, 1982.4.12)

만해 등 7인 항일 민족 시집

— 최동호 편 「그칠 줄 모르고 타는 나의 가슴」

요즈음 이른바 극일운동이 사회 각계 각층에서 열띤 모습으로 한창 전개되고 있다.

일제의 속박으로부터 풀려난 지 반세기에 다다르는 오늘날 이와 같은 논의가 아직도 혼선을 빚으면서 진행되고 있다는 사실은 그만큼 일제 치하의 민족적 상처가 깊었음을 웅변하는 동시에 이제야 시간적 상거에 있어서나 민족적 역량에 있어서 비로소 그 식민지 암흑기라는 역사의 한 시기를 보다 객관적인 시각을 통해 수용 비판할 수 있는 시점에 도달했음을 증명하는 것이리라.

이러한 시대적 요청으로 우리 국문학계에서 이미 70년대에 이른바 민족문학론을 둘러싸고 치열한 논쟁이 있었던 것은 다 아는 사실이다. 그러나 우리의 문학사에 있어서 근대문학은 민족문학이어야 하고, 민족문학의 역사적 기점은 보다 더 치밀한 연구 결과를 기다려야 하겠지만 그 본격적 전개와 성과는 바로 일제 암흑기의 저항적 문학에서 탐색 되어야 한다는 점에 있어서는 거의 일치하는 듯하다.

그것은 반식민 그리고 반봉건이라는 측면에서 근대의식을 찾는 논리와 같은 것이지만 그러나 저항시 곧 민족문학이라는 등식은 아직 하나의 유보사항을 전제하지 않으면 안되는 것이다. 즉 민족문학 자체가 개방과 폐쇄, 지방문학과 세계문학, 형식과 내용, 참여와 순수 등등 이분법적 불모성을 유발하기 쉽다는 점이 암시하고 있듯이 위의 등식이 성립하기 위해서는 민족의 주체적 생존과 인간적 삶을 위한 치열한 저항정신이 고도의 독자적 문학성을 획득하는 일이 무엇보다도 필요한 것이다. 바로 이러한 문학이야말로 참다운 문학이라 할 수 있을 것이며, 참다운 문학이 그러할진대 우리 문학의 정통성을 찾는다면 당연히 그러한 민족문학에서임은 두말할 필요가 없을 것이다.

위와 같은 생각을 염두에 두면서 그리고 오늘날 일반 지식인 학생들이 지녀야 할 시대적 요청을 생각할 때, 최동호 교수의 편저인 「7인의 항일 민족 시집」의 발간은 참으로 시의적절한 것이라 할 수 있을 것이다. 더구나 이러한 시집의 편찬에 있어서 선시 과정은 고도의 시적 감수성과 아울러 전문적인 지식을 요구하는 만큼 최교수의 이 선시집이 야말로 그러한 요구를 충족시키고도 남음이 있다고 본다.

또한 여기 선정된 7인의 시인들은 한국 시문학사의 명실 상부한 정상들이다. 이 정상들의 하나같이 고르지만은 않은 시들 중에서 앞서 말한 참다운 문학으로서의 주옥같은 저항 시들을 가려뽑아 놓았다는 점에서 이 시집 한 권으로 손쉽게 한 시대의 문학을 조망할 수 있음은 물론 우리의 시문학사가 성취한 문학적 고도를 가늠해 볼 수도 있을 것이다.

그리고 그동안 시인으로서 각별히 평가받지 못한 심훈의 시를 편입시킨 점과 김소월의 저항시적 면모를 새롭게 부각시킨 점 등은 편자의 비평적 노력의 하나로 주목된다고 하겠다. 또한 시인들의 대표적 산문과 자세한 연보를 부록으로 달고, 각 시편마다 붙인 꼼꼼한 주해와 권말의 해설 겸한 편자의 논문 등으로 보아 이 시집이 문학의 연구자에게도 매우 훌륭한 몫을 할 수 있으리라 생각한다.

(경희대학보, 1983?)

역사적 상상력의 지향

—80년대 시문학의 흐름과 현황

널리 알려진 바와 같이 동물의 본능적 생존 방식이 지니는 단순한 반동이라는 행동 양식과는 달리 인간의 창조적 삶은 반응이라고 하는 이른바 이성적 행동 양식을 통해서 특징적으로 이루어진다.

이러한 인간의 반응 양식이란 바꾸어 말하면 과거에 대한 축적된 기억과 미래에 대한 선취된 예견에 의하여 팽팽하게 충전되고 확장된 현재를 전제 조건으로 요구하는 행동 양식에 다름 아니지만 그러나 이와 같은 민감한 시간성의 수용에 의해서 의미 있는 삶의 전진, 혹은 역사가 이루어지고 있다는 사실을 우리는 주목해야 한다.

이와 같은 이유 때문에 사람들은 시대적 삶의 어느 한 시

점에서 자기 정의와 확인을 위하여 현실을 보다 바르고 심도 있게 파악하고자 하는 강한 충동에 사로잡히게 된다. 그러나 이러한 우리의 욕망과는 달리 우리가 지니고 있는 현실 인식의 여러 범주나 틀이라고 하는 것은 마치 성긴 그물과 같아서 보다 많은 것을 놓친 것에 비하여 건져낸 것은 매양 이를 데 없이 빈약하기 마련이다. 그렇다고 해서 창조적 충동이 유발하는 이와 같은 괴로운 투망질을 멈출 수는 없는 일이며 또한 멈추어서도 안 될 일이다.

80년대의 중반을 구획하는 금년 변두리부터 각종 문예지와 잡지들이 대담 형식이나 특집 등을 통해서 오늘의 문학 현실을 진단하기 위한 예의 괴로운 투망질을 다투어 하고 있음이 눈에 띄고 있는데, 적어도 이런 현상을 있을 수 있는 의례적인 행사나 우연의 소치로만 돌릴 수 없다고 한다면 우리는 바로 이러한 현상 속에 잠복해 있는 현실 인식의 한 지표를 어렵지 않게 읽어낼 수도 있으리라고 본다.

왜냐하면 문학적 현실의 인식과 자기 정의가 거듭 요청되고 있다는 사실 자체가 벌써 그 문학적 현실이 심상치 않은 새로운 양상을 보이고 있다는 점, 그리고 부정적이든 긍정적이든 어떤 전환점에 놓여 있다는 점 등을 단적으로 드러내고 있기 때문이다.

과연 80년대 전반기의 시단은 전대에 볼 수 없었던 여러 가지 새로운 양상들과 조짐들이 보이고 있는데 이를 대충 열거해 보자.

첫째, 일반 대중과 학생들을 대상으로 하는 시 낭송회, 시인 학교, 문예 강좌 등의 확산이다. 아마도 이러한 문학적 계몽 운동은 필시 일반 민중들이 평소에 막연히 지니고 있던 시에 대한 얼마간의 신비감과 소원한 느낌을 점차적으로 제거하면서 시 독자층의 저변 확대에 무시할 수 없는 영향력을 행사했으리라고 여겨진다. 그리하여 이러한 경향은 고등 교육을 받은 독자층의 폭발적인 증대 현상과 아울러 80년대에 들어서면서부터 일기 시작한 시집 출판의 호황에 직접 간접으로 연관되어 있다고 볼 수 있다.

둘째, 동인지 묵크지 등의 대거 출현과 이를 바탕으로 한 소집단 문학 운동의 활성화다. 기존의 문예지와 계간지의 권위를 위협 혹은 무시하면서 나타난 이들 묵크지 중 시단의 관심을 모으고 있는 것만도 「실천문학」, 「언어의 세계」, 「우리 세대의 문학」, 「시인」, 「자유시」, 「열린시」, 「시운동」, 「반시」, 「오월시」, 「목요시」, 「시와 경제」, 「지평」, 「삶의 문학」 등이다.

이와 같은 묵크지와 동인지의 활동은 대체로 신진 시인들의 주도 아래 진행되고 있음을 볼 수 있는데, 이미 백낙청이 적절히 지적하고 있듯이 이러한 운동의 대세가 「민중 지

향적 지식 운동, 문화 운동」으로 엄청나게 확산되면서 다시
한번 새롭게 전문성과 소인(素人)주의, 서울중심문화와 지방
문화, 개인 의식과 공동체 의식 등의 대립 개념을 문학적 논
쟁의 전면에 부상시키고 있음이 주목된다.

셋째, 묵크지 운동과 긴밀히 관련된 것으로서 문단 진출
의 자율화 경향이다. 이것은 지금까지 공인된 제도로서 일
간지의 신춘문예나 문예지의 추천제와 같은 기성 권위의
무력화 내지는 전반적인 퇴조 현상을 암시하고 있는 것으
로 보여진다. 그리고 이러한 현상의 배후에는 세대 교체, 특
히 전후 세대의 등장과 함께 민주화와 자율화의 시대적 흐
름이 어느 정도 작용하고 있으리란 점도 놓쳐서는 안될 것
이다.

넷째, 장시의 대량 생산이라는 현상이다. 김정환의 「황색
예수전」, 고정희의 「초혼제」, 김지하의 이른바 대설 「南」,
정주동의 「순례자」 등등이 그것인데 이러한 장시 제작의
창조적 동력의 일부는 적어도 70년대의 정치 사회적 상황,
그리고 80년 전후의 정치적 지배 질서의 붕괴와 수립 과정
에서 겪었던 비극적 현실 등에 대한 시적 응전력의 성숙으
로 일단 판단할 수 있을 것이다.

왜냐하면 시대적 현실이 경색되어 참다운 삶의 지각과
유리되어 있을 때, 순간적인 서정 구조는 특유의 은유 구조

에 의해서 만개할 수 있지만(소설 장르의 상대적 위축에 비하여 80년대를 서슴없이 시의 시대라고 명명하는 것이 바로 이러한 예를 이룬다), 서사 구조는 현실 인식의 직접적인 진술 형식 때문에 시간적 경과와 응전력의 성숙을 기다려야 하기 때문이다.

한편 이 경우에도 개인적이고 압축된 은유 형식보다는 체험 공유의 확산을 위해서 보다 평이한 진술 형식과 스토리를 요구하는 민중 지향적 문학의 속성이 개재하고 있음은 물론이다.

다섯째, 왕성한 실험 정신과 시적 경향들의 미묘한 변화를 들 수 있다. 시적 실험이란 어느 경우에도 현실과 예술에 대한 치열한 인식과 준열한 자기 성찰을 전제하여 이루어져야 한다. 만약 그렇지 못할 때 그 실험은 단순한 자폐적 유희로 추락하고 마는 것이다.

어쨌든 이러한 시적 실험은 「뒹구는 돌은 언제 잠 깨는가」의 이성복, 「지상의 인간」의 박남철, 「새들도 세상을 뜨는구나」의 황지우 등 젊은 신진 시인들에 의해서 이루어지고 있는데, 아직 그 시적 성취의 평가는 좀 더 두고 보아야 할 일인 듯하다.

그러나 이들의 공통성을 <현실 반응의 다양한 실험>이라는 말로 일단 요약해 둘 수는 있으리라. 그리고 이러한 시적 실험과 관련하여 일부 시인들이 시도하고 있는 전설, 무가 등의 도입도 좀 더 지켜볼 일이다.

다음으로 이른바 참여시의 효장으로 알려진 고은이 근자에 보여주고 있는 전원시 혹은 농촌시에로의 전환과 함께 어떤 논자도 이미 지적하고 있듯이 순수시 계열의 서정주, 이승훈, 성찬경, 김영태 등이 조심스럽게 드러내고 있는 <쉬운 시> 혹은 보다 근접한 <현실 반응>에 대한 경사를 주목하지 않을 수 없다.

시적 경향의 이러한 미묘한 변화를 두고 단지 순수시와 참여시의 접경 지대가 확장되고 있다고 판단하는 것은 사태를 지나치게 낙관하는 단순 논리의 결과이거나 피상적인 견해에 불과하다. 왜냐하면 좋은 시가 되기 위해서는 참여시도 순수시의 상상적 형식을 전제해야 되고 순수시도 참여시의 역사 인식 혹은 현실 인식을 전제하지 않으면 안되기 때문이다.

그러므로 김광규, 정호승, 김명수 등이 보여주고 있는 시적 노력을 단순히 참여 요소와 순수 요소의 절충이거나 적당한 기계적 반죽으로 보는 것은 잘못이다. 바꾸어 말하면 그들의 시적 노력은 그 두 요소의 행복한 긴장을 지향하고 있다고 보아야 한다는 말이다.

이상에서 대충 살펴본 80년대 시단의 새로운 변화 양상을 놓고서 이제 그 주동적인 흐름의 성격과 문제점을 파악해야 할 순서가 되었다.

우리가 여기서 변화라는 것이 지속과 변화라는 시간 형식의 양면성을 손쉽게 일컫는 것에 불과함을 수락한다면, 그리고 문학이 어떤 형식으로든지 사회를 굴절, 혹은 반영시킨다는 명제를 상기한다면 오늘의 시문학적 현상이 70년대의 사회적, 문화적 현상의 발전적 논리 위에서 파악되어야 한다는 점을 부정할 수는 없을 것이다.

돌아보면 70년대는 그야말로 변혁의 시기였다. 근대 산업 사회로의 급격한 발전과 경제의 양적 팽창 그리고 유신 체제라는 정치 질서의 출현, 식민지 교육을 받은 지성의 퇴조와 문화 추진력으로서의 순수한 한글세대의 등장, 대중 전달 매체의 양적 증대와 질적 전환 등등이 바로 그러한 변혁의 동인이었음은 물론이다.

다소 도식적이지만 우리는 일단 이와 같은 사회사적 변화의 토양 위에서 성장한 것이 이른바 참여시, 민족문학, 민중문학 등의 거센 흐름이었고, 이에 따라 참여시와 순수시의 첨예한 대립 현상이 나타났으며, 이러한 70년대의 시문학적 특성이 발전적 착종 현상으로 드러난 것이 바로 80년대의 시단 현황이라고 판단할 수 있을 것이다.

이렇게 70년대의 연장선 위에 시각을 일치시켜 볼 때, 이미 앞에서도 여러 번 암시된 바 있지만 오늘날 시단의 흐름을 주도하고 있는 것은 역시 민중 지향적 시의 흐름이라고 말할 수 있을 듯하다. 그러나 이러한 판단을 순수시 계열에 대하여 과소평가하고 있다거나 민중시의 우위성을 주장하는 것이라고 오해한다면 그것은 성급한 속단이다. 다만 여기서는 문학적 평가를 떠나서 오늘의 시문학적 현상을 사실대로 기술하고자 할 뿐인 것이다.

마지막으로 아직도 극복되지 않은 순수시와 참여시의 극단적 대립 현상을 문제점으로 지적할 수 있겠는데, 기실 이 점은 따지고 보면 결코 어제 오늘의 일이 아니다. 멀리는 플라톤과 아리스토텔레스의 논점으로부터 비롯하는 것이고 가까이는 1920년대 프로문학 논쟁에서 첨예하게 드러났던 바다.

문학의 본질이 내용과 형식, 역사성과 초역사성, 인식과 상상, 개인과 사회 등의 양극 구조 위에서 변증법적으로 형성되고 있음을 전제한다면 그러한 문제점은 어쩌면 숙명적인 것인지도 모른다. 다만 우리가 경계해야 할 것은 일부 민중시에서 보이고 있는 경직된 구호화, 스테레오타이프화이고 일부 순수시 계열이 보이고 있는 암호화, 개인적 경험의 자폐 현상 등일 것이다.

그러나 앞에서도 미묘한 시적 경향의 변화를 지적한 바

있지만 다행히 80년대에 들어서면서부터 양극 구조의 지양에 대한 자각이 싹트고 있음은 주목할 만한 일이다. 여기서 이러한 양극 구조의 지양을 일컬어 <개인을 통한 전체의 드러남> 혹은 <현실의 상상적 구체화>라는 뜻으로 역사적 상상력의 지향이라고 불러도 무방할 듯싶다.

(배재대학보, 1985.4.16)

시인 박정만

　박정만은 나와 아주 가까이 지낸 친구이기도 했지만 학
교로 따지면 그는 중학교 고등학교 대학교 내리 같은 학교
를 다닌 내 3년 후배다. 대학에서 처음 그를 만났을 때 나는
그의 모습에서 순하디 순한 토끼를 연상했다. 갈색의 크고
투명한 눈이 그랬고, 숫된 시골아이가 낯선 곳에서 사람을
만났을 때 어쩐지 쑥스럽고 어색하여 괜히 씩—하고 웃는,
그런 웃음을 버릇처럼 곧잘 보이는 양이 또한 그랬다.

　죽을 때까지도 그의 그런 숫보기의 모습은 크게 변하지
않았다. 예컨대 무슨 문단의 행사에 다녀오거나 글 쓰는 친
구들을 만나고 왔을 때, 그는 "광대뼈를 흔들면서 사교계를
좀 누볐지"라고 익살스럽게 과장된 한 마디를 날리면서 예

의 그 씩—하는 웃음을 짓곤 했다. 내 요량으로는 그 말의 속뜻이 '낯짝 두껍게 젠체하면서 세상나들이 하느라 참 혼났네' 쯤으로 들렸다. 그만큼 그는 세상살이를 아주 낯설어 했고 자신의 삶이 영 맞지 않은 옷을 입은 것처럼 느껴져 몹시 주체스러워 했다.

그는 애초부터 이 세상에 잘 적응이 안 되는 피를 가지고 태어난 떠돌이였다. 그래서 그는 아주 생래적으로 죽음을 꿈꾸었던 듯하다. 엄청난 양의 그의 시편들 어디에나 떠돌이의 슬픔과 죽음의 푸르스름한 이내가 감돌고 있다. 그의 시와 삶을 이해하는 데 하나의 실마리가 되는 다음의 초기 시 몇 구절을 보라.

이마를 짚어다오,
산허리에 걸린 꽃 같은 무지개의
술에 젖으며
잠자는 돌처럼 나도 눕고 싶구나.

가시풀 지천으로 흐드러진 이승의
단근질 세월에 두 눈이 멀고
뿌리없는 어금니로 어둠을 짚어가는
마을마다 떠다니는 슬픈 귀동냥.

—「잠자는 돌」 1, 2연

한 마장의 하늘을 떠도는
떠돌이의 피를 가지고
자네, 민들레 꽃씨 같은 얼굴을 하고
어디로 어디로 흘러가는가.

…(중략)…

나무 그늘 돌 위에
고단하게 쓰러진 저녁 어스름.
쓸어도 쓸어도 쌓이고 쌓이는
그 수정(水晶)의 푸른 어스름.

—「풍장 2」 1, 3연

　「잠자는 돌」은 내가 알기로 고등학교 시절의 작품인데
등단 후에 개작한 것으로 안다. 그런데 이 시에서 보듯이 그
는 벌써 이때부터 죽음을 꿈꾸고 있다. 그는 이승의 단근질
세월에 두 눈이 멀고, 굳세게 어둠을 짚어가야 하는 어금니
는 처음부터 뿌리가 없어 슬픈 귀둥냥으로 마을마다 떠다
니고 있다. 이 세상에 뿌리를 내리지 못하고 떠다니는 떠돌
이의 삶과 그런 삶이 종내 그릴 수밖에 없는 죽음의 슬픔이
「풍장 2」에도 아주 잘 드러나 있다. 돌 위에 쌓이고 쌓이는
수정의 푸른 어스름은 죽음을 마주하고 있는 떠돌이의 가
슴에 늘 이내처럼 감돌고 있는 슬픔과 한이리라.

박정만이 지닌 그 토끼 같은 순진성과 죽음을 향한 떠돌이의 피가 때로 묘한 광기와 열정을 만든다는 것을 안 것은 그를 안 지 한참 뒤의 일이다. 기억이 자세하지는 않지만 아마 그 때가 박정희의 3선 개헌으로 세상이 좀 어수선할 즈음이 아니었는가 싶다.

이제는 고인이 된 조태일 형과 함께 관철동 어느 구석집에서 우연히 술을 마실 기회가 있었다. 조태일 형은 나와 정만이의 대학 선배니까 오랜만에 나누는 세 선후배간의 허물없는 자리였다. 세상 돌아가는 이야기며 시에 대한 이런저런 이야기를 하면서 모두 술기가 꽤 올랐을 때였다. 시에 대한 각자의 평소 생각들을 나누고 있었는데 갑자기 조태일 형과 박정만의 목소리가 커지기 시작했다. 들어보니 조태일 형은 박정만의 시가 개인적인 서정에만 매몰되어 있다고 비판적인 충고를 하고 있었고, 정만이는 조태일 형의 시가 시적 감성과 언어감각이 결여된 채 지나치게 목적의식에만 기대고 있다고 맞받아치고 있었다.

그런데 정만이의 말투와 태도는 평소의 그것이 아니고 생판 딴 사람 같은 열기와 격정을 띠고 있었다. 두 사람의 논쟁 아닌 논쟁이 점점 술기와 더불어 거칠어지는 듯 싶더니 드디어 정만이의 무슨 말 끝에 조태일 형이 정만이의 뺨을 후려치게 되었다. 그러자 묘하게 번들거리는 눈빛을 하고 있던 정만이가 한 숨 돌릴 틈도 없이 냅다 술잔을 들어 조태일 형의 면상에 패대기를 치는 것이 아닌가. 형의 이마에서 피가 흘렀다.

그러나 형은 그 우람한 체격의 치수에 딱 맞게 말없이 손바닥으로 이마의 피를 그저 쓰윽 한 번 훔치고 나서 거푸 소주 몇 잔을 들이켜더니, "나 먼저 나간다. 다음에 보자" 하는 말을 남기고는 나갔다.

두 사람이 그 뒤에 언제 그런 일이 있었더냐는 듯이 여전히 잘 지낸 것은 물론이다. 박정만의 그 토끼 같이 순한 심성 속에는 이와 같이 그 자신의 시에 대한 주장과 고집이 오연하게 자리잡고 있었다.

광주사태를 겪고 난 5공 초 암울하던 때. 정만은 청진동 근방의 모 출판사 편집장 일을 맡고 있었다. 다냥한 봄볕이 더없이 화사한 어느날 오후. 나는 최명희(아, 그도 벌써 이 세상 사람이 아니라니!)와 그 출판사 부근의 조용한 술집에서 정만이를 불러냈다. 그 당시의 사회적 상황이 그랬듯이 글러먹은 세상에 대한 우리들의 이야기는 몹시 침울하고 다소간 체념적이었다. 그런 분위기가 곧잘 그렇듯이 이야기는 회고조로 변했고 취기가 오르면서는 다시 글러먹은 문학과 글러먹지 않은 문학으로 화제를 바꾸어 목청을 돋구기 시작했다.

희미한 기억들을 모아보면, 박정만은 요약컨대 시는 무엇보다 우리들의 연면한 정서를 표현해야 하며, 그 표현은 마땅히 우리말의 가락과 뜻이 미묘하게 결합된 지경에 이르러야 한다고 주장하고, 우리말에 대한 시적 감각을 전혀 찾아볼 수 없는 글러먹은 시에 대해 개탄했던 것 같다. 이에 최명희도 동의하면서, 우리의 것을 우리 세대에 복원하고 세련시키지 않으면 우리 문학은 큰 줄기를 하나 잃어버릴 것이 틀림없다며 대략 전통주의적 입장을 이야기했고, 나는 이들의 말을 다소 예스럽게 표현하여 조선주의 또는 조선혼이라는 말로 뭉뚱그려 동의했던 것 같다.

　한참 이야기가 도도할 무렵 열려진 뒷문을 내다보니 보자기만한 뜨락에 새로 돋은 어린 풀잎들 위로 화사한 봄볕이 쏟아지고 있었다. 나이가 늘어나면서 이제는 많이 누그러지긴 했지만 나는 그런 봄볕의 정경을 보면 슬프다 못해 그만 처참해지고 만다. "처참하구나, 처참해" 무심코 뱉은 내 말에 정만이 눈치를 챘는지, "형, 저 봄볕이 우리들 먹으라고 하늘에서 뿌리는 청산가리요, 청산가리. 저 청산가리 소주에 타서 마시고 우리도 그만 청산가리나 됩시다" 하고 말을 받았다.

　이어 우리는 "자, 청산가리 한 잔" "청산가리 곱빼기로 또 한 잔" 하고 외치면서 거푸 잔을 들었고, 정만이는 드디어 물기 어린 눈을 번들거리며 갑자기 일어나더니 그의 18번을 달뜬 목소리로 부르기 시작했다. <봄날에는 꽃 안개 아름다운 꿈속에서 처음 그대를 만났네…> 그런데 낌새가 이상하여 옆을 보니 술은 입술에 대는 둥 마는 둥하던 최명희가 흰 무명저고리에 검정치마를 입은 누이처럼 소리없이 울고 있었다.

어쨌거나 지금 생각하니 정만이는 제 식으로 잘 직조된 조선말의 영롱한 시들을 썼고, 최명희도 또한 제 식으로 조선혼을 소설에 수놓지 않았는가 싶다. 그리고 얼마 안 있어, 잘 알려진 대로 박정만은 이른바 한수산 필화사건에 연루되어 악명 높은 서빙고에 끌려가 곤욕을 치르고 나왔다.

그 때 모래내에 있던 그의 전셋집을 찾아갔는데 예의 그 어색하게 씩—하고 웃는 모습은 이미 예전과는 달리 아주 메마르고 하얗게 풀이 죽어 있었다. 골병든 삭신의 어혈을 푸느라고 무슨 한약을 막걸리에 달여먹고 있노라 했다. "갇혀 있던 방 철창 너머에 소학교가 있는데 운동장에서 뛰어노는 아이들의 목소리가 햇살처럼 들려와요. 그 때 현실과 꿈이 한 가지라는 생각이 듭디다." 그리고 그는 아무 말도 하지 않았다.

이때부터 그의 뿌리없는 떠돌이의 삶은, 그의 시 구절처럼 쓸어도 쓸어도 쌓이는 수정의 푸른 어스름을 주체할 수 없었던지, 아주 때를 만나 작파한 듯 잠자는 돌을 향하여 막 굴러가는 형국이 되었다. 이혼, 그리고 어느덧 양식이 된 술.

내리막길을 굴러가는 사람의 절박함이 어떤 것인지 나는 아직 잘 모른다. 그의 절박함을 엿볼 수 있는 삽화 하나.

그가 골병든 심신을 달래면서 술을 마시다가 탈진하면 더러 링거나 영양제 주사를 맞곤 했는데, 그 때 주사를 놓아주던 처녀 간호사 염모 씨와 서로 정이 들어 상계동에서 동거 비슷한 생활을 할 때였다.

어느 날 이른 아침에 그로부터 다급한 전화가 왔다. "형, 빨리 좀 집으로 오세요. 빨리요, 큰 일 났어요." 쫓기듯 이 말을 남기고는 전화를 끊었다. 도대체 무슨 일인지 짐작이 되지 않았지만 필시 그의 말투로 보아 무슨 큰 일이 있긴 있는 모양이라 짐작하고, 상황판단과 응변에 있어 누구보다 믿음직한 이윤기를 급히 불러내어 같이 달려갔다.

방안에서는 여러 사람의 거칠고 험악한 목소리가 오가고 있었다.

들어보니 염씨의 집안 사람들 몇이 염씨를 강제로 끌고 가려는 것이었고, 정만이는 막무가내로 그걸 가로막고 있는 중이었다. 말리고 자실 상황이 아니었다. 이미 자식이 셋이나 딸린 중년의 이혼 남자에게 어느 부모가 토 달지 않고 아직 처녀인 딸을 고분고분 내놓겠는가. 결국 중과부적으로 염씨는 끌려 나갔고, 우리는 정만이를 진정시킬 수밖에 없었다.

그러나 길길이 뛰는 정만이를 우리도 더는 어쩔 수 없어 놓아주었더니 그는 거의 미친 사람처럼 맨발로 댓걸음에 뛰쳐나가는 것이었다. 많은 사람들이 오가는 큰길을 맨발로 내달려 가더니 염씨를 잡고 죽어라 매달렸다. 그러나 힘으로 어찌 당하겠는가. 뜯어 말리는 힘에 의해 길 복판에 나둥그라지며 그는 좀 어떻게 해달라는 안타까운 눈빛으로 사정하듯 우리를 바라보았다.

그 눈빛을 나는 지금도 잊을 수 없다. 그 눈빛은 내리막길로 굴러가는 자의 마지막 안간힘, 이승의 마지막 지푸라기라도 안타까이 잡아보려는 본능적인 절박한 몸짓, 바로 그것이었다.

얼마 뒤 그는 염씨와 상계동의 작은 교회에서 열 명도 채 안 되는 친구들이 지켜보는 가운데 그들만의 결혼식을 올린다. 그리고 기원정사라는 암자가 있는 변두리 야산 기슭에 보금자리를 튼다.

그러나 이미 가속도가 붙은 뿌리없는 떠돌이의 숙명적인 내리막길을 그 부인 혼자의 힘으로는 처음부터 막을 수가 없는 것이었다. 거의 곡기를 끊고 술로 버티며 때때로 미친 듯이 시를 써 갈기던 그는 벌써 저승과 교신을 하고 있었다.

끝내 그 부인도 떠나고 그는 홀로 남아 오로지 시와 술에 한 사코 매달렸다. "형, 시를 들려주는 목소리가 밤낮이고 끊임없이 들려요. 어떤 때는 한 숨도 자지 못하고 죽어라고 그걸 받아 적어야만 해요. 그걸 받아 적지 않으면 당장 숨이 끊어질 것 같아요." 이것이 그 무렵 그가 한 말이다.

그의 말대로 그는 어쩔 수 없이 살기 위해 시를 끊임없이 써야 했고, 그 시 쓰는 행위는 또한 그의 얼마 남지 않은 생명의 잉걸불을 부채질하며 사위게 했다. 거기에다 그의 양식은 오직 술밖에 없었다. 그가 죽기 전 한 달도 채 되지 못하는 사이에 써낸 수백 편의 시는 그렇게 세상에 나왔다.

그가 죽기 바로 전, 봉천동 어느 초라한 개인 병원에 잠시 입원하고 있을 때. 그는 이렇게 말했다. "이제 시를 들려주던 그 목소리들이 좀 뜸해졌어요. 내가 더 이상 쓸 데 없어 이제 다들 가버렸나 봐요. 이런 게 평화가 아닌가 싶네요." 그의 말소리가 거의 바람소리가 다 되었다고 느끼면서, 잠자는 돌 위에 쌓이는 그 수정의 푸른 어스름이 벌써 짙은 어둠으로 변하고 있는 것을 나는 그때 보았다.

그가 죽었다는 소식을 그의 딸로부터 전해 듣고 달려가, 그가 없는 빈 집에서 나는 처음으로 밤을 세웠다. 그리고 여기 저기 노트 쪽에 써 갈긴 짤막한 시들을 무슨 유골 조각 줍듯 가려서 훗날 그의 시 전집 속에 함께 담았다. 그 때 수

습한 마지막 그의 시, 그것이 "나는 사라진다 / 저 광활한 우주 속으로" 라는 것이다.

삶 자체가 천형인 그런 사람이 있다. 시 아니고는 아무 데도 마음을 부칠 수 없는 그런 사람이 있다. 바로 그런 사람이 박정만이었다.

(시인세계, 2003, 여름호)

제3부

시인, 풀꽃, 당나귀

예전부터 그런 생각을 더러 아니 한 것은 아니지만 죽음을 건너는 큰 수술을 하고 나서 나는 될 수 있는 대로 단순하게 살자는 그 생각을 더욱 자주 하게 되었다. 건강을 잃어버리거나 노년으로 접어드는 사람들이 아마도 대개는 그럴 것이다.

그러나 단지 생각하고 말하기는 쉬워도 정작 단순하게 산다는 것은 얼마나 어려운 일인가. 단순하다는 것은 무엇보다 먼저 정직하다는 뜻이고 욕심이 없다는 뜻이고 아무 꾸밈이 없이 검소하다는 뜻이다. 깊은 산 속에 들어가서 혼자 수도생활을 한다면 몰라도 사회생활을 하는 사람이 오로지 정직하고 욕심이 없고 아무 꾸밈이 없이 검소하게 산다는 것은 참으로 불가능한 일로만 여겨진다. 그렇게 살 수 있다면 바로 그런 사람이 성인일 것이다.

성인에게서나 기대할 수 있을 것 같은 그 단순한 삶의 모습은 그래서 늘 우리에게 오랜만에 문득 올려다보는 밤하늘의 먼별처럼 변함없이 빛나고 있는 듯이 보인다. 밤하늘의 그 먼 별에까지 이를 수는 없다 할지라도 나는 그 별빛이나마 잊지 않기 위해서 자주 혼자 산길을 걷는다. 호젓한 산길을 이리저리 혼자 걷는 것은 아주 쉽사리 단순하게 되는 일이기도 하거니와 무엇보다도 오롯하게 내 목숨의 따뜻한 살결과 숨결을 느낄 수 있기 때문이기도 하다.

다행히 나는 청계산 기슭에 살고 있어서 혼자 산길을 걷는 그 작은 행복을 어렵지 않게 누리고 산다. 청계산은 도타운 어머니의 가슴처럼 푸근한 느낌을 주는 흙산이다. 철따라 피고 지는 풀꽃들과 이따금 들려오는 맑은 새 울음소리가 그렇게 아기자기할 수가 없다. 갖가지 나무 이파리들이 말없이 손사래 치며 가리켜 보이는 푸른 하늘을 문득 올려다보면서 걷고 있으면, "산은 절로 무심히 푸르고 구름은 절로 무심히 희다(山自無心碧 雲自無心白)"라는 지경에 어느덧 들어선 듯한 느낌이 든다.

나는 될 수 있는 대로 소롯길을 잡아 걷는다. 걷다 보면 눈에 잘 띄지 않는 호젓한 곳에 이름 모를 풀꽃들과 잡초들이 누구한테 들킬세라 조용조용히 소곤거리며 숨어 있다. 나는 곧잘 이런 곳에 쭈그리고 앉는다. 아주 작은 풀꽃들은 말할 것도 없거니와 저저금 다른 모습을 하고 있는 잡초들도 보면 볼수록 신기하고 아름답다. 풀포기 사이로는 작은 벌레가 한 마리 기어가고 있다. 그리고 벌레가 기어가는 길에는 모래와 잔돌들이 햇볕에 반짝인다. 한참 동안 이것들을 바라보고 있노라면 이것들과 함께 말없이 앉아 있는 내가 또한 보인다. 나는 문득 이것들이 내 분신이거나 안쓰럽게 살고 있는 살붙이들로만 여겨진다. 그리고는 이내 알 수 없는 슬픔이 저 깊은 속에서 번지고 있음을 느끼게 된다.

작고 힘없고 외롭고 가난하고 쓸쓸하고 그리고 거의 부재의 끄트머리에서 어렵사리 존재하고 있는 이것들과의 공감 속에서 느끼게 되는 이 슬픔을 무엇이라 해야 하는가. 자기연민인가. 나는 이런 슬픔이 자기연민뿐만 아니라 그것을 넘어서 그렇게 존재하며 살도록 한 하늘과 그렇게 존재하고 살 수 밖에 없는 것들 자체를 안타까이 여기고 불쌍하게 생각하는(悲天憫生) 비민의식, 즉 우주적 비정(悲情)에까지 맞닿아 공명하는 것이라고 생각한다.

그러므로 이러한 감정은 생명과 존재의 공감 속에서 가장 직접적이고 분명하게 느끼게 되는 아주 단순하고도 강력한 힘이다. 단순하기 때문에 강력하기도 한 이 **원초적 슬**

폼이야말로 우리의 삶을 바르고 튼튼하게 잡아주는 진정한 힘이라고 나는 생각한다.

　백석의 시에 「흰 바람벽이 있어」라는 것이 있다.

　　…(전략)…

　　이 흰 바람벽엔

　　내 쓸쓸한 얼골을 처다보며

　　이러한 글자들이 지나간다

　　─나는 이 세상에서 가난하고 외롭고 높고 쓸쓸하니 살아가

　도록 태어났다

　　그리고 이 세상을 살아가는데

　　내 가슴은 너무도 많이 뜨거운 것으로 호젓한 것으로 사랑으

　로 슬픔으로 가득찬다

　　그리고 이번에는 나를 위로하는 듯이 나를 울력하는 듯이

　　눈질을 하며 주먹질을 하며 이런 글자들이 지나간다

　　─하늘이 이 세상을 내일 적에 그가 가장 귀해하고 사랑하는

　것들은 모두

　　가난하고 외롭고 높고 쓸쓸하니 그리고 언제나 넘치는 사랑

　과 슬픔 속에 살도록 만드신 것이다.

　　초생달과 바구지꽃과 짝새와 당나귀가 그러하듯이

　　그리고 또 프랑시스 잠과 도연명과 라이너 마리아 릴케가 그

　러하듯이.

　윤동주의 「별 헤는 밤에」라는 시에도 보면, 별 하나마다

그리운 이름을 붙여 보면서 "가난한 이웃 사람들의 이름과, 비둘기, 강아지, 토끼, 노새, 노루, 프랑시스 잠, 라이너 마리아 릴케, 이런 시인의 이름을 불러봅니다"라고 쓰고 있다. 인용한 백석 시의 끝 부분과 아주 흡사하여 자못 흥미롭다.

어쨌든 이 빼어난 두 시인은 위에서 말한 바 있는 원초적 슬픔을 같은 방식으로 말하고 있다. 식물과 동물과 시인을 나란히 이웃하게 하고, 백석의 시에서 보는 것처럼 초생달마저도 나란히 이웃하게 하고, 그것들의 궁극적인 생명의 공감 속에서 그들은 슬픔과 사랑과 그리움을 노래한다. 바구지꽃과 짝새와 당나귀와 시인들이 그러하듯이, 하늘은 가장 귀해 하고 소중한 것들은 모두 가난하고 외롭고 높고 쓸쓸하게, 그리고 넘치는 사랑과 슬픔 속에서 살도록 만들었다고 한다.

백석의 정의에 따른다면 시인은 호젓한 것으로 사랑으로 슬픔으로 가득차서 가장 가난하고 외롭고 <높고> 쓸쓸하게 살아가도록 운명지어진 사람이다. <높게> 산다는 것은 아마도 옳고 바르고 참되게 사는 것이며, 그것은 또한 꾸밈없는 생명의 곧은 표현, 즉 단순한 삶을 뜻하는 것이기도 할 것이다.

앞에서 원초적 슬픔이야말로 우리의 삶을 바르고 튼튼하게 잡아주는 진정한 힘이라고 이야기한 바 있지만 슬픔은

<높게> 사는 일과 안팎을 이루고 있다. 우주적 비정이라 할 수 있는 비민의식으로부터 사람의 도덕적 결의와 실천은 비롯된다. 천도를 드러내고자 부단히 내성수덕을 쌓았던 옛 선비들의 가난하지만 높은 삶의 모습도 바로 이러한 비민의식으로부터 비롯된 것이라고 나는 생각한다. 시인의 슬픔이 결국 존재와 생명과 자유를 향한 그리움이 되고 흔들리는 삶을 튼튼하게 붙잡아 주는 근원적이고 커다란 힘이 된다는 것은 바로 이런 까닭에서다. 생각해 보라. 분노와는 사뭇 다른 외로움과 슬픔 속에서 어떻게 사람이 공격적인 소유만을 일삼을 수 있으며 파괴적일 수 있으며 억압적일 수 있겠는가.

그런데 오만한 지적 조작의 힘에 의하여 모든 것이 사분오열되고 파편화되어 가는 오늘날 우리의 시인과 시는 과연 어떤 얼굴을 하고 있는가. 창백한 지적 유희의 재미에 빠져 혹시 생명적 공감의 울림을 너무 오래 잊어버리고 있는 것은 아닌가. 일방적인 언어 기호의 불모성에 또는 폐쇄회로와 같은 자의식에 고립되어 쳇바퀴를 돌고만 있는 것은 아닌가.

삶의 길 또는 시의 길이 때로 그와 같은 지적 험로의 단련을 요구하는 것이기도 하지만, 또 한편으로 시와 삶의 본래 모습이 설혹 그렇다 할지라도, 선승들이 깨달은 뒤에 그 깨

달음을 보름달에 백로를 숨기듯이 일전(一轉)해야만 모든 것
이 온전하고 완미한 자리로 돌아와 다시 싱싱하게 살아갈
수 있는 것은 아닌가.

　나는 백석이나 윤동주가 조용한 목소리로 이야기하던 그
원초적 슬픔과 그 근원적 생명의 공감이 영원히 마르지 않
는 시의 한 원천임을 아직 믿는다. 별을 헤며 확인하는 풀꽃
과 당나귀와 시인의 단순한 삶이 변함없이 아름다운 것이
라고 아직 믿는다.

(시평, 2003, 겨울호)

시는 전일성(全一性)을 지향한다

태극론의 입장에서 본다면 태극으로부터 음양 이기가 생겨 나오고 그 음양 이기로부터 무수한 대립적 사물과 현상의 분화가 일어나 천지 만물이 이루어졌다. 그러므로 우리가 살고 있는 이 세계는 본질적으로 음양 이기로 수렴될 수 있는 무수한 대립과 분열과 갈등을 필연적인 속성으로 지닐 수밖에 없다. 즉 세계와 자아, 의식과 대상, 주관과 객관, 있음과 없음, 선과 악, 미와 추, 밝음과 어둠, 자유와 구속, 소유와 무소유, 시간과 영원, 젊음과 늙음, 건강과 질병, 행복과 불행 등등 헤아릴 수 없이 많은 대립적 현상과 가치의 갈등 속에서 삶의 세계는 영위된다.

대립적 현상이란 거리감 혹은 거리 의식이고, 이것과 저것의 거리에서 발생하는 분별 의식이요 갈등 의식에 다름 아니다. 허정(虛靜)과 같은 주객 합일의 순수 의식과 달리 현실적이고 일상적인 심리 상태는 언제나 의식과 의식 대상 사이의 거리감에서 발생하는 대립과 분별 의식 속에 놓여 있다. 그러기 때문에 의식과 의식 대상이 이원적으로 분열하여 대립하면 의식은 대립하는 만큼 근원적으로 결핍된 존재로 남아 있을 수밖에 없고, 의식 대상이 이것과 저것으로 분별되면 의식은 또한 대상이 분별되는 만큼 갈등 관계에 놓여 있을 수밖에 없다. 요약하건대 결핍과 갈등은 존재와 이상의 대립 관계, 혹은 바람직하지 않은 세계와 바람직한 세계의 갈등 관계에서 발생한다.

인간의 욕망은 결국 태극으로부터 음양 이기가 분화될 때 발생한 전일성의 상실이라는 <원결핍(原缺乏)>으로부터 비롯한다. 원결핍은 존재 조건이요 세계의 생성 조건이다. 현실 세계의 모든 구체적인 결핍과 욕망과 갈등은 궁극적으로 이 원결핍을 태반(胎盤)으로 지닌다. 그래서 인간의 욕망은 최종적으로 바로 이 원결핍의 근본적인 해소를 향하여 부단히 움직인다고 할 수 있다.

결핍과 갈등의 구조 속에 놓여 있는 세계를 자각함과 동시에 인간은 실제로 세계를 개조하거나 생활 태도를 적응시켜 나아가려고 하는 동사적 언어 혹은 실용적 언어의 지향을 보이든지, 아니면 실용적 언어의 지향을 넘어서 바람직한 세계로 곧장 나아가려는 상상적 언어의 지향을 보이게 된다. 실용적 언어의 지향을 보이든지 상상적 언어의 지향을 보이든지 간에 그것들의 목표는 한결같이 결핍과 갈등의 해소이고 바람직한 세계의 성취라고 할 수 있다. 그런데 결핍과 갈등을 만들고 이것과 저것의 분별을 만드는 대립적 거리가 커지는 것에 비례하여 실용적 언어는 무력해지고 상상적 언어는 강력해진다. 다시 말해서 상상력이란 대립적 거리를 뛰어넘어 이것과 저것을 하나로 연결하는 힘이라고 할 수 있다.

대립적 거리가 근원적으로 존재하지 않는 바람직한 세계는 물론 태극의 전일성으로 상징되는 세계다. 따라서 인간은 현실의 분열된 상대적 가치와 대립물들이 하나로 통합되어 있는, 그리고 자아와 세계가 순일하게 통합되어 완전한 전체를 이루었던 태초의 시간, 즉 태극의 전일성을 회복하고자 하는 <근원 갈망>을 선험적으로 지니게 된다. 바로 이러한 인간의 근원 갈망이 수많은 원시 종족들의 여러 제의와 민간 신앙의 제의적 행위 속에서 시간을 소거하는 상징 행위로 줄기차게 반복 표현되고 있음은 이미 널리 알려진 사실이다.

전일성을 지향하는 이와 같은 인류의 보편적이고 근원적

인 갈망에 뿌리박은 언어가 바로 상상적 언어요, 그 상상적 언어 형식을 대표하는 것이 시임은 더 말할 필요가 없다. 왜냐하면 시의 언어는 세계를 서술하는 데에 있지 않고 의식과 세계가 하나의 동체로 융합되어 있는 세계를 발화와 동시에 창조하고 표현하는 데에 그 가치를 두고 있기 때문이다. 이런 의미에서 본다면 시의 언어는 전일성을 지향하는 한에서 기호를 넘어서 본질적으로 존재성을 지니고 있다고 말할 수 있을 것이다.

시적 상상과 감정의 가장 보편적 원천이라 할 수 있는 전일성에 대한 향수와 그리움은 모든 시 작품 속에 다양한 형상으로 드러나게 된다. 그것이 배제의 원리를 통해 선명하게 양각으로 드러나거나 포괄의 원리에 따라 음각으로 드러나거나 간에, 그리고 역설과 해체적 언어에 의해서 의도적으로 왜곡되거나 생략되거나 간에, 시적 의미의 기저에는 전일성의 형상이 반드시 잠복하여 있기 마련이다.

(편운문학상 수상자들의 문학세계, 문학상운영위원회, 2010)

길을 찾고 지우기

이 세상에는 셀 수 없이 많은 길이 있다. 산 속의 오솔길로부터 고속도로에 이르기까지 실로 이 세상에는 갖가지 모양새와 쓰임새의 길들이 있다. 바다에는 뱃길이 있고 하늘에는 항로가 있다. 그뿐인가. 전화선도 전깃줄도 하나의 길이요, 상품생산의 공정도 분명히 하나의 길이다. 그리고 온갖 영상과 소리를 주고받는 전파의 길도 있다. 이 모든 길들은 나의 안에 있는 것이 아니라 밖에 있는 것이며, 저절로 만들어진 것이 아니라 사람들이 제 뜻에 따라 만들어 놓은 것이다. 이런 길들을 우리는 흔히 문명의 척도로 여긴다.

길은 밖에만 있는 것이 아니라 나의 안에도 있다. 사람답게 사는 길, 짐승같이 사는 길, 의로운 길, 자기실현의 길 등등이 그것이다. 그러나 이러한 길들도 한번 생겨서 널리 유포되고 고속도로처럼 잘 닦여지면 밖에 있는 길과 같이 많은 사람들이 손쉽게 이용할 수 있는 길이 되기 마련이다. 이렇게 되면 이 길들도 이미 밖에 있는 길이나 마찬가지다. 이러한 길들도 우리는 역시 발전된 문화 또는 문명의 척도로 여긴다.

오늘날 사람들은 발전된 문명 속에서 아주 편리하고 풍요롭게 살고 있다고 믿는다. 잘 닦여진 길들이 얼마든지 밖에 있으므로 이것저것 골라서 사용하기만 하면 그만이다. 마치 어린아이들이 조립식 장난감을 가지고 놀듯이 말이다.

이렇게 해서 사람의 내면 또는 참된 생명의 터는 사라져 버린다. 그러나 이것은 그야말로 레고 게임일 뿐이고 길에 갇혀있는 것일 뿐이다. 사람답게 사는 길은 나의 안으로부터 비롯되는 길을 찾아야 한다.

나의 안으로부터 비롯되는 길을 찾으려면 이미 있는 길로부터 벗어나거나 그 길을 지우는 것으로부터 시작해야 한다. 그러면 길 밖에 무수한 길의 가능성이 있음을 깨닫게 된다.

나의 시집 『나는 거기에 없었다』(시와시학사)는 이러한 길을 찾는 길, 길을 지우는 길에 대하여 노래하고 있는데, 길을 묻는 이에게 나는 이제 이 시집의 「길」이라는 짧은 시를 들려주고 싶다.

길은 없다
그래서
꽃은 길 위에서 피지 않고
참된 나그네는
저물녘 길을 묻지 않는다.

(한국일보, 1999.12.13)

일여적 사유

—제2시집『나는 거기에 없었다』서문

문단에 나온 지 30년 만에 이제야 겨우 두 번째 시집을 내어 놓는다. 첫 번째 시집에서는 남이 쓴 해설 뒤에 후기라는 딱지를 달고 소회를 밝혔는데 이제는 굳이 그럴 일만도 아니라 생각되어 해설과 후기를 빼버리고 어쭙잖으나마 책 머리에 나서기로 했다. 얼마 전 어느 잡지에 몇 편의 시와 함께 발표한 짧은 글을 좀 보완하여 서문 삼아 여기 옮겨 적는다.

요즘은 하도 볼거리도 많고 장난감도 많아서 아이들이 재미삼아 그런 짓은 별로 하지 않을 것이다. 두 다리를 벌리면서 양손으로 발목을 잡고 상체를 반으로 접어 가랑이 사이로 뒤의 풍경을 바라보는 일 말이다.

나는 어렸을 적 성격이 내성적인 데다가 아주 한적한 시골에서 살았던 터라 늘 혼자 놀았다. 신나고 재미나는 일이 별로 없었다. 산길에서 개미들이 줄지어 기어다니는 것을 앉은뱅이 걸음으로 한없이 따라다니다가 막대기로 개미집을 들쑤시거나, 양팔을 한껏 벌리고 비행기 날아가는 시늉을 하며 논두럭길이나 밭두럭길을 숨이 찰 때까지 내달리거나, 쥐구멍이란 쥐구멍은 죄 찾아서 오줌을 싸거나 돌멩이와 흙덩이로 꼭꼭 다져 메우는 일, 고작 그런것들이 내가 할 수 있는 놀이의 전부였다.

그러그러한 시시한 놀이 끝에 나는 어느날 우연히 가랑이 사이로 뒤의 풍경을 바라보는 놀이를 발견하였다. 그것은 실로 내게 있어서 기적같은 신세계의 발견이라고나 할 만한 것이었다.

내가 동구 밖 언덕길에서 가랑이 사이로 우리 동네를 처음 바라보았을 때 나는 내가 지금 꿈을 꾸고 있는 것은 아닐까 하고 의심했다. 가랑이 사이를 통하여 거꾸로 보이는 마을은 분명 우리 마을이면서 분명 우리 마을이 아니었다. 늘 무심코 지나쳤던 낯익은 마을길과 버드나무가, 황토 흙담과 초가지붕들이 생전 처음 보는 것처럼 너무나 생생하고 선명하게 다가들었다. 생생하고 선명한 만큼 생면부지로 낯설다는 것도 참으로 기묘하게 느껴졌다.

나는 몇번이고 다시 일어나서 마을과 주위를 자세히 눈여겨 살핀 다음 가랑이 사이로 고개를 박았다. 거꾸로 보는 풍경은 볼 때마다 여전히 새롭게 빛을 발했다.

가랑이 사이로 풍경 보기는 그때부터 나만의 은밀한 놀이로 굳어졌다. 나는 내 주위에 있는 모든 사물들을 하나하나 거꾸로 바라본 다음에야 바로 그 새로운 모습을 내 왕국의 주민으로 등록해 나갔다.

길을 가다가도 동네 아저씨나 아주머니를 만나면 나는 얼른 뒤로 돌아서 가랑이 사이로 그들을 바라보았다. 이 우스꽝스럽고 해괴한 짓거리 때문에 나는 어른들한테서 심한 핀잔을 듣는 것은 물론 한동안 놀림감이 되어야만 했다. 그러나 나는 이 짓거리를 그 뒤로도 한동안 쉽게 포기하지 않았다.

그리고 거꾸로 보기에서 어렴풋이 깨달은 한 가지를 나는 나만이 아는 것으로 여기면서 은근히 스스로를 대견스럽게 생각했다. 그 한 가지란 텅 빈 허공을 보는 일이었다. 바로 서서 사물을 바라볼 때 내 눈은 사물에 사로잡히는 듯한 느낌을 받는다. 그런데 이상하게도 가랑이 사이로 사물을 바라보면 낯설고도 생생하게 빛나는 사물의 배후에 있는 공간이 압도할 듯이 다가오는 것이었다.

두 발을 땅에 딛고 바로 서서 눈길을 줄 때 눈길은 자연스럽게 지상의 사물에 가 닿거나 지평선을 향하지만, 가랑이 사이에 고개를 박고 거꾸로 바라볼 때 눈길은 자연스럽게 상향하여 드넓은 하늘을 보기 쉽다.

그런 때문일까.

거꾸로 보기에서 나는 사물들이 새롭게 보일 뿐만 아니라 그동안은 볼 수 없었던 허공을 <볼> 수 있다는 것을 깨달았다. 그리고 사물의 배후에 있는 그 공간이 바로 그 사물들을 낯설고도 생생한 빛으로 치장한다는 것도 함께 알았다.

이 어린 시절의 경험은 얼마 뒤에 거울 보기의 신선한 충격으로 이어졌다. 무심코 바라보던 거울에서 나는 어느날 가랑이 사이로 보기에서 처음 느꼈던 그 기묘한 느낌을 똑같이 받고 깜짝 놀랐다.

거울은 좀 더 극적이었다. 거울 속에서는 왼쪽과 오른쪽이 바뀌어 있었다. 나는 거울에 내 모습을 비치기 전에 텅 빈 거울의 면을 바라보다가 갑자기 내 얼굴을 거울 앞에 디밀고는 했다. 그럴 때마다 말끔하게 비어있던 거울의 공간이 내 얼굴을 호동그라니 받들어 보이고는 했다. 그것은 마치 아무것도 비치지 않은 거울의 빈 공간이 순간순간 내 얼굴을 기적처럼 만들어 내는듯한 느낌을 주었다.

그 뒤로 나는 조그만 손거울을 들고 다니면서 주위의 모든 사물들과 풍경들을 비추어 보는 놀이에 한동안 빠져들었다. 심지어는 손거울로 뒤를 비쳐 보면서 뒤로만 걷는 일에 열중하기도 했다.

가랑이 사이 보기나 거울보기가 사람의 말과 비슷하다고 느낀 것은 내가 나이가 들고 난 훨씬 뒤의 일이다. 내가 처음으로 시라는 것을 끄적거리기 시작할 때 나는 말도 거울과 비슷하다는 것을 알았다. 말 속에 담겨진 풍경이나 사물들은 실제보다 더 생동하고 빛나는 듯했다.

그러나 말과 사물은 미묘하게 어긋나 있다. 가랑이 사이의 구도와 거울의 반사 구도가 자기주장을 하듯 말의 의미도 자기주장을 하면서 사물을 담아내는 것이다.

가랑이 사이 보기나 거울보기에서 텅 빈 공간이 사물을 생동하게 하듯이 말 또한 마찬가지다. 말의 의미는 아무것도 의미하지 않는 무의미가 빛을 내게 하는 것에 불과하다. 정면으로 말의 의미에만 사로잡힐 것이 아니라 가랑이 사이 보기나 손거울을 이리저리 조정하여 보듯 의미의 굴절과 반사를 만들어 내는 무의미를 함께 보는 일, 그것이 필요하다고 나는 생각하게 되었다.

시 쓰기란, 물론 다 그렇다는 것은 아니지만, 말과 사물이 미묘하게 어긋난 그 틈으로 들어가는 일, 그 틈을 가능한 한 넓게 벌리는 일, 그 틈으로 무한대의 공간과 무량한 고요를 체험하는 일, 그래서 눈에 보이는 사물이나 말의 의미에만 매달리지 않고 자유롭게 살게 하는 일, 일종의 그런 것일 수도 있지 않을까.

가뜩이나 요즘처럼 사람들이 <없음의 있음>이나 <있음의 없음>을 까마득히 잊어버린 나머지 있음과 없음, 이론과 실천, 미학적 영역과 비미학적 영역, 구상과 추상, 의미와 무의미, 자아와 세계, 존재와 언어, 음성주의와 문자주의, 책과 텍스트 등등 무수한 분열과 대립을 초래한 마당에 그러한 시 쓰기는 불가피하게 요청되는 것일 수도 있지 않을까.

나는 바로 위에서 열거한 대립항들이 동양의 사유 전통에 따라 일여적(一如的)인 것이라 생각한다. 다시 말하면 그것들은 하나이면서 둘이고 둘이면서 하나이다. 그것들은 상호 순환적이고 상호 생성적이다. 그래야만 생명과 존재와 자유가 하나가 되어 살 수 있다.

옛사람은 말하기를 '사람은 진실로 천지의 마음이다' '말과 글이야말로 천지의 마음이다'라고 했다. 이러한 일여적 사유가 아니면 무수한 대립과 분열을 초래하고 생명과 삶의 세계를 황폐화시킨 오늘날의 기술적 이성의 일방적 횡포로부터 벗어나기는 매우 어렵다고 나는 생각한다.

이런 까닭에 나는 나의 시가 공(空)가 존재와 언어의 일여적 순환과 생성 속에서 태어나 생명과 존재와 자유와 하나

가 되기를 희망한다. 그러나 희망이란 희망으로만 남거나
그 배반이 되기가 얼마나 쉬운 일이던가.

(나는 거기에 없었다, 시와시학사, 1999)

세설암을 찾아서

―제3시집『모든 돌은 한때 새였다』서문

여기에 묶은 대부분의 시편들은 원래「세설암시초(洗雪庵詩抄)」라는 제목 아래 연작시 형식으로 쓰기 시작한 것들이다. 나중에 연작시 형식을 버렸지만 어쨌든 이 시들은 세설암이라는 전설 속의 암자와 그 암주 세설 대사와의 다소 기이하고 비현실적인 만남으로부터 비롯된 것들이다.

그러니 이 자리를 빌어 서문 삼아 그 이상한 인연에 대하여 대강이나마 이야기를 해 두는 것이 좋을 것 같다.

내가 그 곳에 처음 갔던 지도 벌써 십 오륙 년이 흘렀다.

그때만 해도 그곳에서 겪었던 일들이 그렇게 오래도록 내 의식의 어두컴컴한 밑바닥에 가라앉아 있다가 십여 년의 세월이 흐른 뒤 어느 날 갑자기 생생하게 살아나서 한동안 내 정신을 강렬하게 사로잡으리라고는 꿈에도 몰랐다.

경상북도 상주군 화남면 동관리 절골.

충청북도 보은군과 경계가 되는 지점이다.

지금 법주사가 있는 곳이 내속리, 즉 속리산 안쪽이니까 그 첩첩 두메 산골인 절골은 속리산 바깥쪽 또는 속리산 뒷자락이 되는 셈이다.

서예에 그 나름의 일가를 이룬 내 고향 후배 하나가 그 절골의 빈집 하나를 치우고 혼자 살고 있었는데 나는 마침 그때 여름방학 중이어서 좀 한가한 터라 모처럼 바람도 쏘일 겸 그에게 글씨 한 점을 부탁할 일도 생겨서 그곳을 찾아갔다.

한여름의 땡볕 속을 한나절 걸어서 예닐곱 가호나 될까 말까하는 산기슭 마을의 끝 그의 집에 이르렀을 때 나는 예사롭지 않은 주변 광경에 잠시 발을 멈추었다.

그의 집으로 들어서는 입구로부터 그 집 뒤편으로는 무릎을 넘는 쑥대와 잡초들이 우거진 아주 널따란 평지였고 거기에 연이어 한쪽으로는 동네 사람들이 일구어 먹는 밭들이 널브러져 있었다.

그런데 잡초 사이 여기저기는 말할 것도 없고 밭 한가운데까지 거대한 주춧돌들이 흩어져 있었다. 좀 더 자세히 보니 개중에는 이끼가 긴 탑신이 해체된 채 흩어져 있기도 하고 거의 온전한 모습으로 서 있는 탑도 보였다.

건너에 있는 작은 계곡 가까이에도 제법 큰 돌탑이 보였고 그 너머로는 작은 부도가 보였다. 또 잡초 사이 한쪽을 보니 아주 큰 돌확이 있었는데 그 지름이 체대가 큰 어른의 팔로 한 발은 족히 넘을 듯하였다.

놀라움과 호기심으로 밭 가운데로 들어서니 거대한 너럭바위가 있었는데 한가운데에 바둑판이 그려져 있었다. 빙 둘러보니 눈이 미치는 대로 그 드넓은 일대가 온통 유적의 잔해물들이었다.

갑자기 시간이 고여있는 진공 속으로 내던져진 듯했다.

지난 어느 세월의 거대한 가람 터였다. 마모되고 부서진 탑돌들의 형편으로 보아서 천년이 훨씬 넘는 세월을 견딘 것이 분명해 보였다. 이만한 규모의 사찰이었다면 그 이름을 알만도 한데 아무리 생각해도 짚이는 게 없었다.

한여름 땡볕의 적막 속에서 그리고 크고 작은 산봉우리들이 위요하고 굽어보고 있는 가운데서 나는 한참을 넋을 잃고 서 있어야 했다. 마치 천년 동안 망각에 묻혀 있던 신성한 금단의 영지에 처음으로 발을 들여놓은 듯한 느낌이 들었다.

그제서야 뒤늦게 절골이라는 마을 이름에 생각이 미쳤다.

그가 사는 집은 남자 혼자 사는 집 같지 않게 잘 정돈되고 깨끗이 치워져 있었다. 집안 곳곳에서 그의 정갈한 성깔이 묻어났다.

오랜만에 만난 터라 한참을 이런 저런 이야기를 하고 나서야 나는 진즉부터 묻고 싶었던 말을 가까스로 꺼냈다.

"절터로 보나 유적들의 규모로 보아서 굉장히 크고 유명한 사찰이 여기에 있었던 모양인데 어느 때 무슨 절이었던가?"

거의 떠돌이처럼 홀몸으로 사는 사람들이 그러리라 짐작되듯이 그는 무관심하게 던지는 듯한 그 특유의 심드렁한 말투로 대꾸했다.

"절 이름이 동관음사(東觀音寺)라고 알려졌을 뿐이지 나머지는 알려진 게 아무것도 없는 것 같아요. 마을 사람들도 전혀 그 유래를 모르고 알 만한 승려들한테 물어보아도 마찬가지입디다. 문헌 기록도 없는 것 같아요."

그러고 나서 잠시 빈 마당을 건너다보더니 다시 느릿느릿 말을 이었다.

"언젠가 청담 선사에 관한 기록을 보니 그 분이 육이오 전란 때 이 곳에 은신하면서 수도했다는 말이 나옵디다. 그러니까 지금도 그렇지만 그 때는 말할 것 없이 오지 중 오지였던 모양입니다. 참 이 마을에 팔십이 넘은 제일 연로한 학초(學樵) 노인이란 분이 있는데 그 분이 언젠가 한번 지나가는 말로 동관음사 유래와 무슨 전설을 들려준 적이 있어요. 그때는 별 관심 없이 들어서 자세하지는 않은데 궁금하면 이따가라도 노인을 한번 만나볼까요?"

학초 노인도 이 인동의 토박이가 아니라 40여 년 전에 이곳으로 흘러 들어와 사는 분이라고 했다. 옛날에 서당 훈장으로 떠돌다가 방물장사를 하는 한 아낙을 만나 연을 맺고 이 곳에 와서 슬하에 자식 하나 없이 같이 늙었다고 했다.

아침에 지어 둔 찬밥과 나물무침으로 대충 저녁을 뜨고서 우리는 마른 멸치 봉지와 소주병을 들고 학초 노인을 방문하였다.

노인의 집은 아까 내가 보았던 작은 계곡의 돌탑을 마당 끝에 두고 관목 숲으로 가려져 있었다. 건너 온 세월이 너무 무거워 잠시 앉아서 쉬고 있는 듯한 아주 나지막하고 낡은 초가집 한 채가 푸성귀와 잡초가 같이 어울어진 마당 건너편에서 그윽한 저물 녘의 보랏빛에 쌓여 있었다.

노인은 깡마른 체신에 후줄근하게 낡은 베옷을 입고 있었는데 흰 머리털과 눈썹 밑의 깊고 조용한 눈빛으로 보아 첫눈에도 그가 청수하게 늙은 사람이라는 게 느껴졌다.

몇 번이나 술잔을 권한 뒤에야 노인은 한 모금 술을 입에 적시더니 간간이 무슨 생각에 잠기는 듯한 조용한 말소리로 이야기를 시작했다.

"이 곳이 옛날 고려 때는 화령현(和寧縣)이라 했고 또 한때는 와우(臥牛)골이라 한 곳입니다. 이름을 보아도 알 수 있지만 조선의 삼대 명당 터라 일렀던 곳이지요. 여기 세워졌던 대찰은 동관음사라 했는데 이 근방 골짜기에 봉서암 낙수암 문수암 염불암 학소암 그리고 명경암 불영암 등 아홉 암자를 두고 있었다고 합니다. 말하자면 팔방구암자(八房九庵子)라고 흔히 말하는 아주 큰 가람 터였지요. 그런데 모든 게 그렇지만 여기도 인연이 다해서 기운이 쇠해지자 결국은 산문을 닫게 되었다고 합니다."

그리고 잠시 말을 끊고 술 한 모금을 아주 천천히 마셨다.

"이 동관음사가 폐사되고 나서 법주사가 이어 창건되었다고 합니다. 그러니까 이 동관음사가 생기고 없어진 것은 참 까마득한 옛날 이야기지요. 어쨌든 지금으로서는 무엇 하나 확실한 게 없습니다. 스님들도 내력을 잘 모르고 무슨 문헌에 기록이 있는 것도 아니고……. 다만 범우고(梵宇考)와 상산지(商山誌)라는 책 속에 동관음사가 이 곳에 있었다고 한 줄이 나와 있을 뿐입니다. 어떤 객중이 대접을 소홀히 받은 앙갚음으로 불을 질렀다느니 어떤 도인이 그 도력으로 일시에 폐찰로 만들었다느니 하는 말들이 더러 돌기는 하는데 다 실없는 소리고……."

노인은 더 할 말이 없다는 듯 한참 동안 입을 다물었다.

후배가 술 한 잔을 다시 권하면서 슬며시 말길을 터 주었다.

"어르신네께서 언젠가 무슨 전설이 있다고 말씀하신 일이 있는데 그걸 좀 한번 더 들려주시지요."

"아 그 얘기. 그것도 내가 사십여 년 전에 이곳에 와서 마을의 한 노인으로부터 들은 이야기인데……."

학초 노인이 들려준 이야기의 줄거리는 대강 이렇다.

아주 먼 옛날에 이 산골짜기로 흘러 들어온 한 거지가 있었다. 맨발에 한 곳도 성한 곳이 없는 상누더기를 걸치고 누더기 걸망을 메고 있었다.

그 거지는 세 개의 봉우리로 이루어진 형제봉 중 가운데에 있는 제일 높은 영설봉(靈雪峰) 밑 어딘가에 그저 바람이나 막을 만한 암자를 하나 짓고 살았는데 그 이름이 세설암이었다.

나중에야 사람들은 그 거지가 예사 거지가 아니라 평생 아무것도 지니지 않고 거지로 살아가면서 수행하는 이른바 두타행(頭陀行)을 하는 선사라는 것을 알았다. 그리고 그가 묵언(黙言) 수행을 하고 있다는 것도 알게 되었다.

그 뒤로 사람들은 그를 세설 대사라고 불렀다.

세설 대사는 두어 달에 한 번씩 산 바깥으로 나가서는 역시 두어 달 만에 돌아왔는데 그때마다 그는 자기와 행색이 비슷한 두세 명 혹은 서너 명의 거지와 함께 산으로 들어오곤 했다.

처음에는 아무도 그걸 특별히 눈여겨보지 않았는데 세월이 지나면서 사람들은 세설 대사의 그런 산문 출입을 이상하게 여기기 시작했다. 왜냐하면 언제나 산을 나갈 때는 분명히 세설 대사 혼자였는데 들어올 때는 여느 때와 같이 몇 명의 거지와 동행했기 때문이다. 그리고 아무도 다른 거지가 산을 나가는 걸 본 일이 없었기 때문이다.

그 많은 사람들이 세설암에서 함께 기거할 수는 없는 일이거니와 그렇다고 해서 그 험한 영설봉을 넘어 다른 곳으로 갈 수 있는 길도 없었기 때문에 사람들은 그것을 아주 괴이하게 여겼다. 그러나 괴이하다고 생각할 뿐 사람들은 제사는 일에 하루하루 쫓기면서 그 괴이한 일이 벌어지는 것을 그저 먼 산 바라보듯 할 밖에 없었다.

그렇게 세월이 한참 흐른 뒤에 사람들은 문득 한 생각을 떠올리고는 소스라치게 놀랐다. 세설 대사를 본 지가 아주 오래되었다는 것을 깨달았던 것이다.

그간 겪었던 괴이한 일에 겹쳐서 여러 궁금증이 참을 수 없는 지경이 되자 마을의 남정네들은 하루 날을 잡아 영설봉 세설암을 찾아 나섰다.

영설봉으로 가는 길은 가시덩굴과 잡목 숲이 우거져 있을 뿐 사람이 다닌 흔적이라곤 아무데서도 찾아볼 수가 없었다.

어찌어찌 해서 겨우겨우 세설암에 닿고 보니 암자는 텅 비어 있었다. 깨지고 여기저기 이 빠진 질그릇 몇 개가 먼지를 둘러쓴 채 부엌 한 쪽에 놓여 있을 뿐 도대체 여러 사람이 살았던 흔적이라곤 눈을 씻고 찾아보아도 찾아볼 수가 없었다.

세설 대사는 어디로 사라진 것일까.

세설 대사와 함께 들어왔던 그 많은 사람들은 도대체 어디로 간 것인가.

그 사람들이 모두 세설 대사의 분신이었단 말인가.

해괴하기 짝이 없는 일이었다. 혹 산골짜기 어디에 유체라도 좀 남아있을지 몰라 그럴 만한 곳은 더러 찾아보았지만 아무 흔적도 발견할 수가 없었다.

사람들은 그것이 꿈이 아니라면 도무지 있을 수 없는 일이라 생각했다.

세설 대사의 행적은 그래서 전설이 되었다.

그리고 이제 그 전설을 아는 사람도 다 세상을 떴고 학초 노인이 혼자 그걸 이야기하고 있었다.

"나도 한때 궁금해서 세설암 터를 찾아보았는데 도무지 그 곳이 어느 곳인지 찾을 수가 없었어요. 하기는 법주사가 창건된 것이 신라 진흥왕 때던가 하니까 그로부터 거슬러 올라간다면 참 아득한 이야기지요. 어쨌든 알 수가 없는 것은 인연이 아닌가 싶습니다. 세설 대사가 열반한 뒤에야 비로소 이 골짜기로 많은 승려들이 몰려 들어와서 조성하기 시작한 것이 바로 여기 법주사의 전신이라 할 수 있는 동관음사와 암자들이었다고 하니 내가 생각컨대는 그런 것들이 모두 세설 대사의 큰 법력의 인연이 아니었는가 싶습니다. 그리고 인연이 다하니 한때 융성하던 가람도 그만 회진되어 버린 것이지요. 인연이란 참 알 수 없는 것입니다."

알 수 없는 인연을 몇 번이나 강조하면서 노인은 그렇게 말을 맺었다.

세설 대사의 법력의 인연으로 이 곳 동관음사가 생기고 없어졌다고 하는 말이 내게는 마치 그 모든 것들이 세설 대사의 일대 환작(幻作)이었다는 말로 들렸다.

그 모든 것이 한 마당 꿈과 같은 환영들의 작희였다면 지금 남아있는 수많은 유적들은 또 무엇이란 말인가. 두 눈을 번히 뜨고 보고 있는 이 유적들도 역시 그 환작의 인연 속에서 출몰하는 또 다른 환영일 수밖에 없다는 말인가.

나는 자칫 한 번 빠지면 영 헤어날 수 없는 미궁의 소용돌이 속으로 빨려드는 듯한 현기증을 느끼면서 얼른 고개를 흔들었다.

학초 노인은 더 할 말이 없다는 듯 한참을 침묵하다가 문
득 혼잣소리로 무슨 시조창을 읊조리듯 흥얼거렸다. 그리
고 나를 그윽히 바라보더니 세설 대사가 지었다고 전해지
는 게송 하나를 들려 주었다.

心鏡隨萬境
鏡境實一幽
隨流見花開
元無幽無花

온갖 이름과 모양을 따라
늘 새로 태어나는 마음의 거울이여

거울도 거울 속 세상도
다 같이 고요의 결인 것을

만 가지 흐름을 따라
꽃 피는 걸 보건마는

처음부터 고요는 볼 수 없나니
어드메 그 꽃 찾아볼 수 있으리

(* 한글 변역은 필자의 것)

세설 대사의 전설이 안겨준 기묘한 충격 속에서 나는 다

시 한 번 그의 게송이 일으키는 깊은 감동의 파문 속으로 젖어들었다.

이 게송의 기구와 승구는 다른 선사들의 게송에서 흔히 볼 수 있는 발상과 표현으로 보였다. 그러나 전구와 결구는 흔히 볼 수 없는 멋들어진 표현이었다. 그 표현은 어떤 깨달음을 불쑥 주먹을 내밀 듯 보여주는 것이 아니라 미묘한 향기를 숨결 따라 느끼게 해 주는 그런 것이었다.

전혀 예상하지 못했던 곳에서 그리고 전혀 예상하지 못했던 충격과 감동 속에서 나는 한동안 말을 잃고 게송의 전결구를 계속 속으로 곱씹었다.

이튿날.

성가셔하는 낯색을 굳이 숨기지 않는 후배를 졸라 앞장 세우고서 나는 영설봉을 올랐다. 세설암 터를 꼭 찾아보고 싶었다.

그러나 찾을 수 있을 것이라는 기대를 가지고서 나선 것은 아니었다. 간밤 내내 뇌리를 떠나지 않는 세설 대사의 환영이 떨칠 수 없는 강박증으로 나를 내몰았다. 꼭 치러야만 하는 통과의례를 겪듯이 세설암을 찾아 한 번은 영설봉 골짜기를 헤매야 한다는 생각이 들었던 것이다.

역시 무모한 짓이었다. 동관음사의 구암자 터라고 볼 수

밖에 없는 대여섯 군데의 흔적은 발견했지만 딱히 세설암 터라고 여겨지는 흔적은 찾을 수가 없었다.

전설의 맥락으로 미루어 볼 때 세설암 터였을 수도 있다고 가장 근리하게 생각되는 곳은 영설봉 정상 가까이 절벽 아래에 있는 낙수암 터였다. 그러나 그것은 말 그대로 근리할 뿐이었다.

전설 속의 암자를 찾아 헤매고 있는 나 자신의 모습이 어쩌면 진짜로 세설 대사의 환작인지도 모른다는 생각이 문득 들었다.

건너편 산기슭을 해그늘이 먹어들고 있었다.

잠시 염주나무 아래 앉아서 쉬고 있는 참에 후배가 나무를 올려다보며 말했다.

"다른 산에는 이 염주나무가 흔치 않아요. 그런데 형도 보셨겠지만 이 산에서는 그걸 어렵지 않게 찾아볼 수 있단 말입니다. 깊은 산 속에 더러 보이는 이 염주나무가 어떻게 해서 생긴 것인 줄 아세요?"

다음 이야기를 기다리며 나는 말없이 그를 건너다보았다.

"수행하던 스님들이 산길을 가다가 때가 되면 자리를 골라 앉아 좌탈 열반한답니다. 그러고 나면 몸에 지니고 있던 염주가 땅에 묻혀서 더러 이렇게 나무로 자란다는 것이죠."

나는 새삼 염주나무를 올려다보았다.

세설 대사도 그의 분신인지 환작인지 모를 그 두타행을 하던 거지 스님들도 이 산중 어디선가 그렇게 몸을 벗고 떠났을 것이다. 그리고 개중에는 이와 같은 염주나무를 길렀으리라.

그러다가 나는 문득 세설암의 그 세설이라는 말의 뜻을 곰곰이 새겨보기 시작했다. 삼천갑자 동방삭의 전설에서 보듯이 검은 숯을 씻는다는 말은 들어 보았지만 흰 눈을 씻는다는 이야기는 그러고 보니 들도 보도 못한 말이었다.

흰 눈도 깨끗이 씻는다니 진속에 물들지 않은 고결함과 결곡함을 말하는 것인가. 아니면 업연을 끊은 경지를 말하는 것인가.

표면적 설백(雪白)을 말한다면 이치로 보아서 당연히 이면적 설현(雪玄)도 있어야 할 것 아닌가. 설백이 있기 위해서는 설현이 있어야 하고 설현 또한 설백이 없으면 있을 수 없는 것이다. 그것은 음양의 이치와 같이 상의호근(相依互根)의 관계다. 그래야 사사무애(事事無碍)의 이치에도 반야적 즉비(卽非)의 논리에도 맞게 된다.

그렇다면 세설이란 말의 속뜻은 설현을 씻는다는 말이 되고 그 현(玄)을 씻는다는 말은 현이 검다는 뜻과 함께 현묘한 도(道) 자체를 나타내는 말이니 결국 염착(染着)을 여의고 도를 닦는다는 말이 된다.

여기까지 생각이 미치자 나는 운무에 가려져 명료하게 잡히지 않던 세설 대사의 모습이 한결 구체적인 실감으로 다가오는 듯했다. 세설이란 말의 속뜻이 분명 그러하리라는 근거없는 확신이 생기면서 한결 마음이 무언가로부터 놓여나는 듯 가벼워짐을 느꼈다.

　그리고 나는 마치 꿈같이만 느껴지는 그 전설의 땅으로부터 돌아왔다.
　여름방학이 끝나고 강의와 연구의 일상 속에서 세설암은 희미하게 바래지다가 결국 사라졌다.
　십여 년의 세월이 흘렀다.
　그렇게 흘러간 세월의 끄트머리에서 실로 느닷없이 또는 전생부터 예정된 숙명에 부닥뜨리듯이 어느 날 밤 나는 세설 대사의 꿈을 꾸게 된다.
　영설봉의 세설암은 추사의 세한도에 나오는 앙상하게 얽은 그 뼈도 시릴 듯한 집과 흡사했다. 그 안에 세설 대사가 깡마른 몸집으로 눈을 지긋이 내려감은 채 앉아 있었다. 나는 넋을 놓고 그 모양을 바라보았다.
　그가 눈을 뜰 때까지 기다리고 있어야 한다고 생각했다.
　얼마나 시간이 지났을까. 갑자기 세설 대사가 눈을 크게 뜨고 나를 바라보더니 큰 소리로 내 이름을 거푸 불렀다.

그 바람에 나는 소스라치게 놀라면서 잠을 깨었다.

그때부터 나는 똑같은 꿈을 매일 혹은 하루 걸러 꾸기 시작했다. 어떤 때는 세설 대사의 얼굴 위에 학초 노인의 얼굴이 겹쳐지기도 했다.

십여 년의 세월 동안 세설암의 전설은 내 의식의 밑바닥에 집을 짓고 있었던 것이다. 영설봉에서 찾지 못한 세설암을 나는 마침내 내 마음 속에서 찾게 된 셈이었다.

세설 대사의 환영은 내 온 정신을 사로잡고 놓아주지 않았다.

세설암이 새롭게 내 마음 속에 자리잡고 나서 나는 어떤 식으로든지 세설 대사의 전설과 그의 게송을 알려야 하고 또한 그 전설과 게송에서 받은 감동을 거름 삼아 내 시를 써야 한다는 묘한 책무와 강한 의욕을 갖게 되었다.

세설암 전설을 들려 준 학초 노인이 그 전설의 마지막 구전자(口傳者)라면 그 노인도 이승을 뜬 지 오래고 같이 그 이야기를 들었던 후배 또한 지금 당장은 연락이 두절되어 어디서 사는지도 모르는지라 그 전설과 게송의 유일한 보유자는 어쩌면 나 한 사람일 수밖에 없었기 때문이다.

내가 말하지 않고 기록하지 않는다면 까마득한 세월을 거쳐 내려온 그 전설과 노래는 흔적 없이 인멸될 것이었다.

학초 노인이 여러 번 인연은 묘한 것이라고 말하던 것이

바로 이런 내 처지를 두고 말했던 것인가. 나는 주어진 내
인연의 몫을 다해야 한다고 생각했다.

그리고 알 수 없는 어떤 힘에 이끌리듯 시를 쓰기 시작했다.

여기 묶은 시들을 쓰기 시작한 인연과 배경은 바로 위에
서 이야기한 대로다.

시를 쓰면서 나는 자주 다음의 짧은 옛글을 머리에 떠올
리곤 했다.

　　沒字豊碑 古調無絃

　　비바람에 깎여 사라진 글자들은
　　오히려 빗돌에 깊은 뜻을 더하고

　　그윽하고 현묘한 옛 가락이야
　　끊어진 거문고 줄에서 울려오나니

말의 깊은 뜻은 언제나 말이 지닌 의미의 틀을 벗어난다.
의미는 의미를 생성하는 무의미의 바다에 떠서 겨우 그
무의미를 지시하는 부표와 같다. 이것은 마치 노자가 질그
릇은 그 안에 텅 비어있는 곳이 있어서 쓸모가 있다고 말한
바와 비슷하다.

그래서 나는 시의 어법은 궁극적으로 위의 옛글이 말하고 있는 바와 같이 몰자풍(沒字風) 혹은 무현풍(無絃風)이 되어야 한다고 생각한다.

그러나 희망과 현실은 늘 어긋나 있다. 몰자풍으로 쓰고자 했던 내 시들이 아마도 그럴 것이다. 그리고 이러한 필법을 요즈음 사람들은 시대에 뒤지고 낡은 것이라고 생각할지도 모른다.

과연 그런가.

만해 선사는 그의 시집 『님의 침묵』 끄트머리에서 후대의 독자들에게 "나의 시를 읽는 것이 늦은 봄의 꽃 수풀에 앉아서 마른 국화를 비벼 코에 대는 것과 같을지 모르겠습니다"라고 말하고 있다.

과연 그런가.

향기는 코로만 맡는 것인가.

무릇 빛깔과 향기는 먼저 마음 속에 있어야 실득(實得)하는 법.

나는 다만 이 시집을 읽는 독자들이 가슴속의 잃어진 향기를 되살려 내어 마른 국화와 같을지도 모르는 내 시와 만나기를 간절히 바랄 뿐이다.

(모든 돌은 한때 새였다, 시와시학사, 2003)

느낌과 생각

― 제4시집 『외눈이 마을 그 짐승』 서문

　사람은 의미를 가지고 생각한다. 그리고 사람은 또한 의미화 이전의 자연과 현실 자체를 느끼기도 한다. 의미를 가지고 생각하는 것은 간접적이고 부분적이며 기계적인 것이다. 그러나 자연과 현실 자체를 느끼는 것은 직접적이고 전체적이며 생명적인 현상이다.

　오늘날 사람들은 무엇이든지 의미를 가지고 이리저리 비교하면서 생각하기를 좋아한다. 사고만능주의에 빠져 지적 조작에 여념이 없다. 그래서 점차 생명과 자연으로부터 멀어지고 의미로 구축된 창백한 의사현실 속에서 살아간다. 시도 마찬가지다. 의미의 지적 조작이 도를 넘었다.

　생각은 두뇌에서 일어나는 기계적 조작이기 때문에 간접적이지만 명료하고, 느낌은 온 몸에서 일어나는 생명적이고 자연적인 현상이기 때문에 직접적이지만 모호하다. 두뇌에서 일어나는 명료한 개념적 앎은 물리적 세계를 바꾸고 이용할 수 있는 힘을 주기 때문에 인간 생활에 반드시 필요한 것이지만, 온 몸에서 일어나는 모호한 느낌은 자연 혹은 생명과 직접 교감하면서 인간의 삶이 가진 참다운 뜻을 깨닫게 해 주는 힘이 있기 때문에 또한 반드시 필요한 것이다.

오늘날 사람들은 명료한 앎에 길들어 모호한 느낌에 안주할 줄 모르고 점점 신경질적으로 변하고 있다. 생각할 줄은 알아도 느낄 줄은 모른다. 생각은 인위적 조작이지만 느낌은 자연적 본능이다. 본능의 생명적 힘은 쇠미해지고 조작하는 인위적 기교는 늘어만 간다. 이런 상황에서는 생명의 꽃인 사랑이 피어날 수가 없다.

나는 그래서 동양의 전통적 시정신의 한 핵심에 닿아 있는 관상시(觀象詩)를 시도해 보고자 하였다. 관상시란 한 마디로 의미 위주의 시가 아니라 느낌 위주의 시라 할 수 있는데, 이 시집의 제3부에 수록된 시편들이 그것이다. 관상시에 대한 이론적 설명이 필요한 사람은 이 시집의 부록에 붙인 「관상시에 대하여」와 내가 쓴 『道의 시학』을 읽어보기 바란다.

그리고 첫 번째 시집에서부터 몇 편씩 선보인 바가 있는 사설시(辭說詩)를 이번에도 제4부에 끼워 넣었다. 편의상 사설시라 부르는 것은 산문으로 된 이야기를 배경으로 두고 쓴 시로서, 시와 산문이 하나의 구조로 결합되면서 좀 더 높은 수준의 새로운 시적 영역이 열릴 수 있도록 시도해 본 것이다.

끝으로 이 시집을 마무리할 수 있도록 편안한 집필실과 여러 가지 편의를 제공해 준 백담사 만해 마을과 시집 출판을 맡아 준 문학동네에 깊이 감사한다.

(외눈이 마을 그 짐승, 문학동네, 2007)

시와 실재

—제5시집『바람의 애벌레』서문

아인슈타인은 이런 경구를 말한 바 있다. "수학의 법칙들이 실재에 관하여 언급하는 한 그것은 확실하지 않고, 그것들이 확실하다면 실재를 가리키지 않는다." 오늘날 과학과 물질 만능 시대에 깊이 새겨볼 만한 말이다.

시와 사유 혹은 언어의 관계도 그와 같다. 시의 언어와 사유는 애초에 불확실하고, 그것들이 확실하다면 그만큼 시로부터 멀어진다. 왜냐하면 시는 본질적으로 정서 또는 느낌에서 싹트는 것이고 언어와 사유는 거칠게 분할하고 분별하는 실용적 도구에 불과한 것이기 때문이다.

이 말을 다시 그리스적으로 표현한다면 시의 세계는 아페이론적인 것이고 언어와 사유는 페라스적인 것이다. 즉 시는 가장 원초적 생명 현상인 느낌과, 그 느낌과 나란히 짝을 이루고 있는 실재를 겨누는 것인데 그 느낌과 실재는 무한한 연속성을 그 특징으로 갖는 것이고, 언어와 사유는 그 무한한 연속성을 편의적으로 분할 한정하는 것이다. 이것이 언어라는 도구를 사용할 수밖에 없는 시의 운명이다.

그러므로 시의 세계는 무한하고 심원한 느낌을 주지만 기호에 의하여 이차적으로 가공된 언어와 사유는 그러하지 못하다. 오늘날 사람들은 느낌의 세계와 실재로부터 멀어지면서 거래 교환하고 축적할 수 있는 실용성을 따른다. 그래서 언어와 사유도 분명하고 확실한 개념적 정보 또는 물질성으로 굳어져 병들고 그에 따라 시도 기형적으로 병약하게 되었다.

이 시집의 작품들은 얼추 창작 시기의 역순으로 배열되었다. 따라서 제1부의 시들은 가장 최근에 쓴 것들인데 전체적으로 다소 길어지면서 이야기로 기우는 산문화의 경향을 보이고 있다. 나이가 들면서 응축된 표현과 생략의 긴장을 감당하기 힘들었던 것일까.

제2부의 시들은 제1부와는 달리 비교적 짧은 것들로서 서정적 정수와 함께 더러 선미(禪味)를 드러내고 있다고 생각된다.

제3부의 시들은 <기상도>라는 부제가 붙은 관상시(觀象

詩)가 주로 배열되었다. 관상시는 내 시집『외눈이 마을 그 짐승』에 21편이 수록되었는데, 이번 시집의 그것들은 그에 이어 일련번호가 주어진 것이다. 사실 내 대부분의 작품들은 관상시적 특징을 많이 드러내고 있기 때문에 더 이상 그와 같은 부제를 붙이지 않기로 했다. 관상시에 대한 시론은 그 시집의 부록으로 수록되어 있다.

제4부는 가장 이른 시기의 작품들이고 몇 편은 그간의 시집에서 누락된 구고를 수습한 것이다.

나는 비교적 과작인 편이다. 더구나 아무도 시를 읽지 않는 이 시대에 언제 다시 또 시집을 낼 수 있을지 모르겠다. 이 시집을 읽는 한 사람의 독자가 마음에 드는 단 한 편의 시라도 발견하기를 바랄 뿐이다.

(바람의 애벌레, 시학, 2011)

관상시에 대하여

관상(觀象)은 상(象)을 직관한다는 뜻인데 주역(周易)의 방법이기도 하다. 그래서 주역 철학을 관상 철학이라고도 한다. 또 한편으로 동양의 시적 전통에서는 시 작품을 평할 때 흔히 기상(氣象)이 늠연하다느니, 기상이 보이지 않는다느니 하는 말들을 하는데, 이러한 표현에서 알 수 있는 바와 같이 상, 즉 기상이란 것은 시에서도 전의적(轉義的)으로 매우 핵심적인 개념이 되어 있다.

동양의 철학과 시는 상을 직관하는 것을 중시하는 전통이 있고 서양의 철학과 시는 의미 의 사고를 중시하는 전통이 있다. 한 쪽은 직관의 길이요 다른 쪽은 사고의 길이다. 상과 직관은 일차적이고 자연적인 것이요 의미와 사고는 이차적이고 문화적인 것이다.

그런데 오늘날은 사고의 힘이 일방적으로 지배하는 상황이 되었다. 그 결과 의미의 지적 조작에 의해 무수한 이데올로기가 생산되어 세상은 갈등과 투쟁이 그치지 않게 되고 과실재(hyperreality)와 과공간(hyperspace)이라는 유희적 세계가 난무하게 되었다. 심지어는 이른바 순수 모조(pure-simulation)까지 등장하는 바람에 도대체 무엇이 현실이고 초현실인지, 무엇이 참이고 거짓인지 신조차 알 수 없는 지경이 되어버렸다.

이러한 상황에서 참다운 현실 혹은 자연으로 돌아가고자 하고, 사고의 인위적이고 지적인 조작으로부터 직관의 자연적인 본능으로 회귀하고자 하는 반동이 생기는 것은 지극히 당연한 일이다. 바로 여기에서 동양의 시적 전통에 따라 상의 직관을 위주로 하는 관상시가 요청되는 것이다.

상이란 기(氣)가 움직이는 모습, 즉 기상(氣象)이다. 기는 우주의 본체라고도 할 수 있는 것이므로 이 세상의 모든 존재와 현상은 기의 생성이 아닌 것이 하나도 없다. 그럼에도 불구하고 기가 움직이는 모습은 볼 수가 없다. 우리는 다만 기가 움직여 생성한 사물과 현상을 볼 뿐이고 그 사물과 현상의 구체적인 움직임을 통해서 기의 움직임을 느낄 수 있을 뿐이다.

그래서 상을 구체적 동작과 구별하여 순수 동작이라 부르는데 우리말의 <짓>과 같은 뜻이라 할 수 있다. 예컨대 손짓, 발짓, 눈짓 등 구체적 동작 속에서 우리는 상이라는 순수 동작 즉 짓이 나타나고 있음을 알 수 있다. 예컨대 싹을 보면 위로 솟으려는 기운을 느끼게 되고 기쁜 일이 있는 사람한테서는 밝게 피어나는 기운을 느끼게 되는데, 바로 이 느껴지는 기의 움직임, 즉 기운이 짓이요 상이다.

기는 자연이다.

기는 사람을 포함하여 천지만물을 생성하면서 처음도 끝도 없이 자연 전체에 일관하여 흐른다. 사람의 마음도 이 생성의 정점에 있는 기의 산물인 것은 더 말할 나위가 없다. 따라서 몬(物)과 몸(身)과 마음(心)은 불연속적인 것이 아니라 연속적인 것이다. 이 연속성 때문에 우리는 자연 혹은 상을 직관할 수 있게 된다.

직관이란 곧 느낌이다. 느낌은 두뇌의 사고를 통해서 간접적으로 이루어지는 것이 아니라 직접적인 몸의 접촉을 통해서 이루어진다. 다시 말하면 느낌은 가슴이나 창자와 같은 내장 기관의 앎과 같은 것이다. 그러므로 느낌은 모호하고 무정형적인 것이기는 하지만 사고에 의해 자연을 왜곡하기 이전의 가장 확실한 앎이라 할 수 있다.

그런데 사람의 마음은 상을 직관하는 자연적 차원에만

머물러서는 만족할 수가 없다. 상은 결국 지각과 의식의 여러 단계를 거치면서 변성되고 분절된 기호적 의미 속에 정착하게 된다. 이리하여 사람의 마음은 기호적 의미를 가지고 사고의 길을 걷게 되면서 문화적 차원에서 작동하기 시작한다.

자연을 문화로 교체하여 살 수 밖에 없는 것이 인간의 숙명인 것이다. 사람은 이제 사고에 익숙해진 만큼 직관의 힘은 쇠미해져서 직접 자연으로 돌아가 거듭거듭 생신하여 나올 수 있는 일이 어려워졌다.

상을 직관하자면 사고의 길이 생성된 과정을 역순으로 더듬어 내려가 의미의 뿌리를 파고 들어가야 한다. 후기 구조주의 철학자 들뢰즈는 의미의 뿌리를 파고 들어가다가 이른바 명제 안에 존속하는 순수 사건을 최종적으로 발견했는데 이것은 일견 직관의 대상인 상과 비교적 흡사한 것으로 생각된다.

그러나 이 순수 사건이 문법적으로 부정법의 차원에서 언표되는 것인 한 구체적 의미로 분화되기 이전의 순수 의미는 될지언정 상과는 근본적으로 차원이 다른 것이다. 상이라는 순수 동작은 순수 의미 이전의 분절되지 않은 자연으로서 직관의 대상일 뿐이고 순수 의미는 어디까지나 의미인 만큼 의식 공간에서 분절된 것으로서 사고의 대상일 뿐일 수밖에 없기 때문이다.

따라서 우리가 직접 자연 또는 실재가 나타난 현실을 보자면 <몬-몸-마음>의 연속성 속에서 마음과 자연의 접촉점인 몸을 주목할 수밖에 없다. 몸은 감각과 직관의 원천이다. 잘 알려진 바와 같이 원시인과 어린이의 심성의 본질적 특징은 감각과 직관의 기능이 압도적이라는 데에 있다. 그리고 융에 의하면 개체발생학적으로나 계통발생학적으로 사고와 감정은 이 감각과 직관으로부터 파생된 것이라 한다.

이와 같은 까닭에 융은 인간 정신의 네 가지 기능을 좌표화하면서 사고-감정의 대극을 수직축으로 놓고 감각-직관의 대극을 수평축으로 하여 십자가 모양으로 교차시키고 있다. 비합리적 기능인 감각-직관은 자연과 접촉면을 이루면서 수평적 넓이를 형성하고, 이로부터 파생한 합리적 기능인 사고-감정은 자연과의 접촉을 버리고 수직적인 깊이를 형성한다. 이 수직적 깊이에서 인간의 지적 조작이 일어나고 인위적인 문화가 일어나면서 자연과 멀어지게 되는 것이다.

이 좌표를 바르트의 기호 모형에 비교해 보면 그 의미가 좀 더 뚜렷해진다. 바르트의 모형에서 1차 기호는 기표와 기의가 결합하여 지시적 의미를 형성하는 객관적 수준의 단계다. 이 수준의 언어를 언어−현실(language-realities)이라 하고, 이 수준의 기호가 전달하는 이미지를 기호학자들은 흔히 날 이미지(raw image)라고 부른다.

그런데 이 1차 기호가 다시 하나의 기표가 되면서 새로운 기의와 결합하게 되는데 이 단계를 2차 기호라 한다. 그러니까 2차 기호는 객관적 수준의 1차 기호가 주관과 문화의 렌즈를 통과하면서 굴절한 결과 형성된 함축 의미의 체계라 할 수 있다.

동일한 방식으로 2차 기호는 또 다른 함축 의미로 굴절하면서 3차 기호로 발전한다.

여기서 1차 기호인 언어−현실의 수준은 융의 감각−직관의 수평축에 대응하고, 2차 기호부터는 사고−감정의 수직축에 대응한다고 볼 수 있다. 수평축은 자연 혹은 현실과 접촉면을 형성하는 환유적 결합축이고 수직축은 자연 혹은 현실로부터 멀어지면서 인위적 문화가 형성되는 은유적 계열축이다.

바르트는 이런 까닭에 2차 기호부터는 신화라고 말한다. 그런데 이 주장은 기호학적 모형을 전제하고 있다는 점에 유의해야 한다. 엄밀히 말해서 인간의 심성론적 측면에서 본다면 유아적 원시 심성의 특성을 지닌 감각−직관이 이데올로기의 전 단계인 신화의 상(像)을 인식시키기 때문이다.

따라서 1차 기호가 형성되기 이전으로부터 1차 기호에까지 근본적으로 신화는 침투되어 있다. 다만 이 경우의 신화는 자연적인 것이라는 점에서 2차 기호의 그것과 구별된다. 2차 기호부터는 합리적 기능인 사고—감정에 의해서 인위적이고 능동적으로 신화가 구성되기 때문에 바르트는 기호학적 관점에서 바로 이 단계부터 신화라고 말했던 것이다.

어쨌든 바르트 식으로 말한다면 모든 문장은 신화인 셈이다. 그리고 이 단계의 신화는 분화된 사고—감정이 능동적으로 작동하여 형성한 이데올로기와 언제나 같이 가는 것이므로 또한 모든 문장은 이데올로기의 운반체인 셈이기도 하다. 신화와 이데올로기가 난무하면 할수록 자연과 현실은 왜곡 날조되고 갈등과 투쟁은 확대 심화될 수밖에 없다.

지금까지의 설명에서 대강 알 수 있듯이 결국 관상시가 겨누고 있는 것은 신화와 이데올로기를 가능한 한 걷어내고 자연과 현실을 있는 그대로 보자는 것이다. 자연과 현실을 마주하고 조용히 관상하자는 것이다. 그렇게 하자면 우선 사고—감정의 수직적 깊이를 최소한으로 축소하고 감각—직관의 수평적 넓이를 극대화해야 한다.

그런데 인간의 정신 기능은 서로 상보적 관계에 있기 때문에 한 가지의 기능만 순수하게 작동하지는 않는다. 사고, 감정, 감각, 직관 등이 서로 다소간에 섞이기 마련이다. 예컨대 직관적 사고와 같이 두 기능이 섞이게 되는 것이다.

그러므로 아무리 감각―직관 차원에서 대상을 바라본다고 해도 사고와 감정의 수직적 깊이가 완전히 사라질 수는 없는 것이다. 그리고 내향적 감각이나 내향적 직관의 경우는 주관적 현실이나 정신 세계의 영상이 나타나기 때문에 일견 초현실성을 띠기도 한다.

따라서 감각―직관의 수평축이 극대화되는 데 비하여 사고―감정의 수직축이 얼마나 능동적인가 수동적인가 하는 구별이 중요하다. 관상시에서는 사고와 감정은 언제나 수동적이다.

결론적으로 말하자면, 관상시란 눈에 보이는 것이나 의미만을 가지고 너무 생각하지 말고 눈에 보이는 것 너머의, 그리고 의미 이전의 보이지 않고 개념화되지 않는 움직임, 즉 상을 느껴보자는 것이다.

상은 느낄 수밖에 없는 것이고 느낌이야말로 개념과 달리 모호하지만 가장 확실한 앎이기 때문이다. 또한 동시에 인식론적 측면을 떠나서라도 시적 감동은 물론이고 모든 예술적 감동에 있어서 그 <감동(感動)>이란 결국 감각―직관의 느낌과 섞여져 있는 미분된 감정에 불과하기 때문이다.

(외눈이 마을 그 짐승, 문학동네, 2007)

젊은 날의 초상

우리는 알 수 없는 인생행로를 말할 때 흔히 운명이니 팔자니 하는 말들을 쓰곤 한다. 많다고도 적다고도 할 수 없는 주갑의 나이에 살아온 날들을 돌이켜 보니 아닌게 아니라 내 인생행로의 어떤 것들은 그 알 수 없는 팔자로 밖에 설명할 길이 없을 듯도 하다.

나는 전북 부안군 동진면의 아주 작은 마을에서 태어나 시오리쯤 떨어진 소학교에 다녔다. 소학교 5학년을 마칠 무렵 나는 전혀 예기치 않은 그 운명의 전기를 맞이하게 된다.

내게 특별한 관심과 사랑을 베푸시던 담임선생님이 큰 도시에서 교육을 받도록 하자고 부모님에게 간청하고 주선하여 전주에 있는 학교로 나를 전학시켰던 것이다. 이 때 내가 도시로 전학하지 않고 시골에서 부모님과 함께 살면서 고등학교까지 다녔더라면 아마도 내 인생행로는 크게 달라졌을 지도 모른다.

어린 나이에 부모 슬하를 떠나 나는 이 때부터 낯선 도시에서 하숙을 하며 외롭게 살아야 했다. 그런 덕분에 세칭 명문이라고 하는 전주북중학교와 전주고등학교를 다닐 수 있었지만 한편으로는 가족을 떠나 홀로 사는 그 외로움 때문에 소년시절에 흔히 겪게 되는 일종의 통과의례적 방황과 고통과 질풍노도의 경험은 좀 유별나고 남다른 것이었다.

고등학교 2학년이 되자마자 나는 내 야생의 이전투구식 혼란과 질풍노도를 잠재우기 위해 부모님과 상의하지도 않은 채 혼자 결단하여 학교를 휴학하게 된다. 그리고 변산반도 마포 앞바다에 있는 하도(荷島)라고 하는, 아주 작은 섬으로 들어간다.

당시 이 섬은 불교 수도원으로 사용되고 있었는데 나는 다행히 바닷가의 작은 오두막집을 빌려 혼자 살 수 있었다. 섬에 사는 사람이라곤 스님 한 분과 보살님이라 부르는 할머니와 아주머니 그리고 밭일을 거두는 젊은 처사 한 분뿐이었다. 어쩔 수 없이 내 생활도 자기와의 고독한 대면과 내면 성찰이 이어지는 반 수도자의 생활이 될 수밖에 없었다.

문학에 관심을 가지기 시작한 것은 섬에 들어갈 무렵부

터인데 본격적으로 문학 서적과 여러 인문학 서적들을 탐독하면서 장래에 시인이 되어야겠다는 생각을 구체적으로 하기 시작한 것은 바로 이 섬에서 살던 때이다.

나는 이 무렵부터 문예지 <현대문학> <자유문학> 등을 구독하기 시작하였다. 그리고 내가 살던 그 오두막집 선반에는 <사상계>라는 당시 유일한 지성 종합지 수년치가 쌓여 있었는데 그것도 내게는 평생 양식이 될 만한 읽을거리가 되어 주었다.

칸트, 헤겔, 스피노자, 니체, 루쏘, 쇼펜하우어, 키어케고어, 베르그송, 싸르트르, 하이데거 등 많은 사상가들의 이름을 이 때 비로소 처음 알게 되었고 그들의 책을 주섬주섬 구해다가 여기저기 풀 뜯어 먹듯 그야말로 주마간산 건강부회로 읽어보기도 했다. 노장과 동양의 여러 경서, 그리고 불경 등도 호기심을 가지고 군데군데 들쳐보곤 했다.

그러니 이런 걸 두고 읽었다고 말하는 것은 지나친 과장일 터이고 그냥 이것저것 책을 구입해서 책 꼴이나 장정 등을 구경이나 좀 했다고 하는 것이 정확한 표현일 것이다. 지금도 내 서가에는 그 때 내가 구입했던 세창서관에서 나온 그 누런 종이의 경서들과 루쏘나 쇼펜하우어 등의 책들이 더러 꽂혀 있다.

그리고 마음을 두고 읽었던 것으로 특히 기억되는 것들

은 정음사판 세계문학전집과 을유문화사판 세계문학전집 속의 <세계시인선집>, 신구문화사에서 나온 여러 권의 <한국현대시인전집>, 타고르의 <기탄자리>, <당시> 등이다. 그리고 이 무렵에 출간된 미당 서정주의 <신라초>, 박남수의 <갈매기 소묘> 등도 기억에 남는다.

한 해 동안 고도의 독거생활을 끝내고 고등학교 2학년에 다시 복학하고 난 뒤에도 나는 학교의 정상적인 학업은 뒷전에 두고 내 나름의 문학수업을 지속하여 나갔다. 학교에서는 당시 국어 과목을 직접 우리에게 가르치시던 시인 신석정 선생님과 김해강 선생님을 늘 뵐 수 있었지만 차마 용기가 나지 않아 개인적으로 찾아가서 인사를 드리고 지도를 받지 못했던 것이 지금 생각하면 아쉽기만 하다.

내가 경희대학교 국어국문학과를 지망한 것은 당시 이 학교에 주요섭, 김광섭, 황순원, 조병화, 김진수, 박노춘 등 이름난 문인들이 교수로 재직하고 계셨고 또 학생들의 문학활동도 가장 활발했기 때문이다.

예전에 문학 지망생들의 대학생활이 대개 그렇듯이 내 생활도 밑도 끝도 없는 허장성세와 기고만장의 음주 장취의 연속이었다. 그래서 실제로 나의 문학수업은 오히려 고등학교 시절의 그것에서 크게 나아가지 못했다. 그런 중에도 다형 김현승 시인의 시를 새롭게 발견하고 읽으면서 내 시정신을 단련할 수 있었던 것은 다행이었다.

그리고 나의 대학시절 빼놓을 수 없는 경험은 대학극에 적극 참여했던 일이다. 당시 경희대학교 연극반은 대내외적으로 그 활동이 눈부신 바 있었는데 나는 순전히 젊은이의 낭만과 겉멋만을 거름삼아 약 두 해 동안 연극 활동에 열을 올렸다. 우리 연극반의 공연은 교내는 물론이고 명동에 있었던 국립극장과 남산의 드라마센터 무대에도 진출했었다. 제1세대 연출가라 할 수 있는 이원경 선생의 연출 지도로 드라마센터에서 <황태자의 첫사랑>을 공연했던 것은 지금도 기억에 새롭다.

대학과 대학원에서 황순원 선생님과 조병화 선생님으로부터 직접 배우고 또 지도교수로 모실 수 있었던 것은 내게는 행운이었다. 학창 시절 교내에서 만나 교류했던 선후배 동문 문인들은 조태일, 조해일, 전상국, 김용성, 박정만, 정호승, 박해석, 강태근 등이었다. 특히 박정만 시인은 중학교에서부터 대학에 이르기까지 내 후배가 되지만 한편으로는 가장 친하게 지낸 문우이기도 했다.

1970년 동아일보 신춘문예에 <방화>라는 시가 당선되었는데 다형 김현승 선생이 심사위원이었다. 내가 좋아하는 시인이 심사하여 등단하게 된 것도 인연이라면 참으로 알 수 없는 운명의 인연이라 할 것이다.

등단 직후 오규원, 박제천, 홍신선, 정의홍 시인 등이 주
도하는 <한국시>라는 동인지의 동인으로 참가하여 같이
활동하자는 정의홍의 서신 제안이 있었지만 나는 일체의
문학활동을 중단하고 나만의 문학수업과 암중모색으로 수
년을 지내게 된다. 그리고 내 이름은 잊혀져갔다.

그러다가 다시 1974년에 한국일보 신춘문예에 응모하여
시가 당선되었는데 심사위원은 공교롭게도 서정주, 김현승
두 분이었다. 최종심에서는 두 사람의 작품이 마지막까지
경합했는데 실은 모두 내가 응모한 작품들이었다. 가명으
로 응모했던 내 작품 <숯>을 미당 선생이 밀고, 또 본명으
로 응모했던 내 다른 작품 <단식>은 다형 선생이 밀다가
결국 <단식>으로 최종 결정되었던 것이다.

김현승 선생님과의 묘한 인연은 이렇게 이어졌고 후에
내가 월간문학지 신인문학상 평론 부문에 당선한 작품이
또한 김현승론이었으니 참으로 운명적인 기연이라 할 수
있을 것이다.

<단식>은 신춘문예 시의 장시적 경향을 일거에 깨뜨리
면서 새롭게 나타난 단시 형식으로서 시단의 주목을 받기
에 충분했다. 특히 평론가 김현 씨의 과분한 호평에 힘입어
평론가 김종철, 오생근 등과 대학로에서 만나 술잔을 기울
이며 문학 이야기를 나눈 것도 바로 이때다.

그들은 당시 <문화비평>이라는 계간지를 인수할 계획이니 같이 동인으로서 활동하자고 제안했다. 그런데 그 계획이 차질이 나고 흐지부지되자 나는 다시 문단에서 잠적하는 신세가 되었다. 그리고 출판사, 중 고등학교 교사를 전전하며 가당치 않은 사업에까지 손을 대다가 사는 집까지 없애고 거덜난 신세가 되었다.

뒤늦게야 내 길이 교단임을 깨닫고 모교에서 시간 강사 생활을 시작하면서 박사과정을 마친다. 그리고 배재대학교 국어국문학과 교수로 부임하고 생활의 안정을 되찾자 등단 23년 만에 첫 시집을 내게 된다. 그리고 그 뒤로는 잊히지 않을 만큼 활동을 하면서 오늘에 이르렀다.

시인이 된 것은 모두에서 말한 것과 같이 어쩌면 나의 선택이 아니라 알 수 없는 팔자소관일지 모른다. 대학시절에 나는 어머님이 보관하고 계시던 내 소학교 시절의 통신표를 보고 깜짝 놀랐는데, 그 5학년 통신표에는 전주로 나를 전학시킨 담임선생님이 이렇게 적어놓고 있었다. "원대한 포부를 가진 예술형 남아요, 끈기 있게 지도해 봅시다."

시인이 된 것은 예정된 일이었을까. 이런 것이 팔자라고 할 수 있는 것이 아닐까. 나는 그 선생님이 일찍이 나의 어떤 점을 보고 그런 말씀을 하셨는지 도무지 짐작되는 바가 없다. 나는 무슨 숙명의 표지와 같은 그 통신표를 아직도 보관하고 있는 중이다.

　　이제 대학 강단생활도 25년이 넘었고 정년도 손을 꼽는 나이가 되었다. 젊은 날의 행로는 예견할 수 없는 힘에 이끌리기도 했지만 이제 남은 인생행로는 어느 정도 예견이 가능하다. 이런 것이 삶이 아닌가 싶다.

　　　　　　　　　　　　　　　　(시와 정신, 2005, 겨울호)

부록

근원에의 회귀

―서정범의 수필

1.

　문학의 여러 장르 중 수필처럼 그 문학적 실체와 특성을 규정하기 힘든 것도 없다. 이것은 물론 시나 소설과 같은 다른 장르가 고도의 형식적 구속력을 지닌 반면 수필은 일정한 형식적 제약이 없고 패턴이 없는 자유로운 형식으로 쓰여진다는 데서 비롯한다.

　김광섭은 그의 「수필문학소고」에서 "형식으로서의 수필문학은 무형식이 그 형식적 특징이다. 이것은 수필의 운명이고 내용이다"라고 말한 바 있다. 이러한 수필의 무형식적 특징을 좀 더 구체적으로 부연하여 조연현은 「수필의 정의와 범위」에서 다음과 같이 말하고 있다.

　　사실에 있어서 수필은 여러 문학양식 중에서도 가장 그 형식이 자유롭다. 즉 수필에는 서정시적 정서나 감흥은 물론, 서사시 (소설) 구성이나 희곡적 대화 그리고 비평적 판단작용까지도 다 자유로이 이용할 수 있는 양식이다. 그렇다고 수필이 무양식적 무성격적인 것은 아니다. 서정시적 정서나 감흥을 가지면서 서 정시가 아니고, 소설의 구성을 가지되 소설이 아니고 희곡적 비 평적 요소를 가지면서도 희곡도 비평도 아닌 데 수필의 독자적 인 양식이 있다.

　수필이 지닌 무형식의 형식적 특성을 이와 같이 부연 설 명하여도 역시 모호하기는 마찬가지다.

　문학을 논의하는 자리에서 <무형식>이라는 말이 함축 하고 있는 바는 그리 단순하게 지나쳐 버릴 성질의 것이 다 니다. 다소 거친 편의 위주의 용어이긴 하지만 형식과 내용 이라는 낱말이 거느리고 있는 비평사의 여러 논의들을 상 기한다면 우리는 이 <무형식>이라는 낱말이 지니고 있는 문학적 의미의 함축을 곰곰이 따져 볼 필요가 있음을 느끼 기 때문이다.

　원론적인 차원에서 문학의 형식이란 언어, 구성, 리듬, 문 체 등 문학적 심미성의 바탕이 되는 본질적 요건에 해당된 다. 그리고 이것은 물론 문학의 기교적 요소이기도 하다. 그 런데 이러한 요소들이 비교적 등한시되는 <무형식>이라 면 자연히 다른 한 편의 외적 요건이랄 수 있는 사상, 감정,

정서 등의 내용이 강조되고 있다는 말에 다름 아니다.

내용을 케네드 버크의 용어로 바꾼다면 형식심리학에 대한 정보심리학이라고 할 수 있다. 정보의 범위는 다종다양하고 무한하다. 그러나 정보는 일단 독자에게 전달되면 그것이 지닌 미학적 가치는 일실되고 만다. 말하자면 정보란 일회적인 특성을 지닌 것이다.

따라서 수필이 주로 정보심리학에 의지하고 있는 문학양식이라고 할 때 우리는 그로부터 야기되는 몇 가지 문제점에 주목하게 된다.

첫째, 일차적인 정보는 독자에게 전달하고자 하는 사상이라고 할 수 있는데 이 사상이 지닌 추상성을 어떻게 문학적으로 극복하느냐 하는 문제다. 주지하다시피 문학이 예술의 한 장르로 간주되는 까닭은 아름다움, 즉 심미성을 매개로 해서 우리의 정서적 쾌락을 유발하기 때문이다. 심미성은 감각이 지닌 여러 성질의 한 차원이고 감각은 구체성 위에서만 성립되는 것이다.

따라서 한 때는 문학에 있어서 추상성이 높이 평가되기도 했지만, 근대 이후 문학이 다른 학문에 대하여 그 자신의 독자적인 세계와 자율성을 자각한 이래 문학의 보다 본래적인 가치는 한결같이 구체성 위에 부여되어 왔다. 이런 점에서 대우성(對偶性, antithetic)의 문학이라고 하는 수필의 문학성은 그것이 전달하고자 하는 교훈이나 사상을 어떻게 구체성으로 구제하느냐 하는 문제에 귀결되고 만다.

철학적인 가치, 즉 사상성에 치우친 수필들을 중수필 혹은 이른바 베이콘형 수필이라고 일컫고 있거니와 이러한 글들이 과연 얼마나 문학적 성취를 이루고 있는가 하는 것은 예의 구체성이라는 시금석 위에서 신중히 판단되어야 할 문제다.

둘째, 정보는 일차적인 이야깃거리, 즉 소재를 의미하게 되는데 이러한 잡다한 이야깃거리가 어떻게 문학적 변용을 겪느냐 하는 문제다. 흔히 수필을 1인칭 서술의 문학, 혹은 노드롭 프라이의 용어로 말하면 고백의 양식이라 하거니와 이러한 특성은 수필을 단순히 어떤 개인의 사적인 체험담이나 생활주변의 잡다한 단편들을 기록하여 독자의 호기심이나 만족시키는 것으로 자칫 전락시키기 쉽다. 잘못된 수필을 잡문이라고 하는 까닭은 바로 이런 연유에서다.

이야깃거리, 즉 소재는 무한하고 다양하다. 무턱대고 그 무한한 소재의 새로움과 신기성만을 추구한다는 것은 호사가의 심심파적이라면 몰라도 적어도 문학적으로는 크게 소용될 것이 못된다. 다양한 소재들이 문학적으로 구제되기 위해서는 작가의 개성적이고 일관된 관점 아래 그것들이 내적 통일을 이루어야 하고, 그 통일성이 인생과 세계에 대한 어떤 해석을 드러내야만 한다. 그 해석이 온당할 때 우리는 거기에서 보편성을 보는 것이다.

직업과 전공의 다름에 상관없이 수필을 쓰는 사람은 많지만 이러한 보편성에 이르는 글은 찾아보기 힘들다. 대개는 단순한 정보에 의지하여 하나로 꿰뚫을 수 없는 이야기의 파편들만을 제시하고 있을 뿐이다.

수필을 무형식의 형식이라고 하는 정의는 물론 이외에도 여러 문제적 특성들을 함축하고 있는 말이지만 우선 거칠게나마 요약한다면 위의 구체성과 보편성의 문제를 단적으로 드러내고 있다고 볼 수 있다.

문학에서 구체성의 결여는 곧바로 문학의 재미, 즉 쾌락의 결여라고 할 수 있다. 또 작가의 개성이 떠올린 보편성이 없다면 소재의 제시에 불과한 단편적인 잡문으로 떨어지고 만다.

이와 같이 수필이 지닌 문학적 양식의 무형식성 때문에 엄청난 작품의 생산량에도 불구하고 독자들의 반복 감상을 견디어 내고 있는 작품은 그야말로 극소수에 불과하다. 반복감상을 이겨내는 궁극적 요인이 정보의 추상성이 지닌 가치고 아니고 소재적인 정보가 지닌 일회적 흥미도 아니기 때문이다.

수필이 잡문이 아닌 문학의 하나로서 자기주장을 하기 위해서는 대우성의 문학이 지닌 추상성을 얼마나 적절히 구체성에 접근시키고 있느냐 하는 문제와, 이와는 달리 구체적이지만 아직 아무 관련이 주어지지 않은 소재들을 개성적인 관점을 통하여 얼마나 적절히 보편성(혹은 추상성)을 드러내느냐 하는 서로 상반된 그러나 불가피한 장르적 특성의 두 가지 문제점에 항시 민감해야 된다고 본다.

이와 같은 수필의 양식적 특성을 전제하면서 그간 한국 수필문단의 개성적인 작가로서 주목을 받아온 서정범 교수의 수필을 살펴보고자 한다. 지금까지 그는 『놓친 열차는 아름답다』(1974), 『겨울 무지개』(1977), 『무녀의 사랑이야기』(1979), 『그 생명의 고향』(1981), 『사랑과 죽음의 마술사』(1982), 『영계의 사랑과 그 빛』(1985), 『학원별곡』(1985), 『어원별곡』(1986) 등의 적지 않은 수필집을 낸 바 있다. 그러나 여기에서는 위의 한정된 관심을 따라서 작가 자신이 가려 뽑은 자선 수필집 『사랑과 죽음의 마술사』를 대상으로 삼는다.

2.

서정범 교수의 대다수의 수필들이 지니고 있는 지속적이고 일관된 관심의 방향은 언제나 과거라는 시간을 가리키고 있다.

이것은 그의 수필이 취급하고 있는 제재만을 대충 살펴 보아도 확연히 드러난다. 이러한 과거지향은 그로 하여금 과거의 추억을 이상화하거나 과거에 이루지 못했던 어떤 가능성을 곱씹게 만든다. 그리고 이러한 개인적인 과거지 향의 범위를 벗어날 때 그는 즐겨 우리 민족의 과거적 삶의 모습이라고 할 수 있는 민족적 제재를 다루거나 삼국유사 의 신화적 시간 속으로 회귀하게 된다.

그가 국어학자로서 주로 국어의 변천과 어원에 대해 관심을 가지고 있다고 하는 것도 이와 같이 그의 과거지향과 전혀 무관한 것은 아니라고 보여진다.

물론 그의 수필 속에 나타나 있는 과거라는 시간성은 단순히 일직선의 궤적을 따라 전진하는 시간의 전후관계로서의 의미만은 아니다. 점차 밝혀지겠지만 그가 다루고 있는 시간은 과거와 미래가 꼬리를 물고 순환하는 매우 초월적이고 신화적인 양상으로 나타나는 근원적인 시간이다.

이러한 근원적 시간에 대한 그의 관심은 첫 수필집 『놓친 열차는 아름답다』에서부터 나타나고 있는데, 이를 작자 자신은 다음과 같은 명시적인 문장 속에서 보다 구체화하고 있다.

여기에 수록된 글은 내가 시간이라는 열차를 타려고 하다가 놓치거나 도중 하차한 이야기라 하겠다.

　내가 가고 싶은 곳은 원시의 숨결이 그대로 있는 산봉우리와 계곡과 바위와 풀과 꽃과 나무와 그리고 거기에서 함께 살던 새나 범 같은 짐승과 선녀와 천사와 유령과 도깨비들을 만나보고 싶은 것이다.

　나는 문화나 문명 속에 이어져 흐르고 있는 순수 그대로의 정신적 원형을 찾아보고 싶은 것이다. 눈에 보이는 것보다 눈에 보이지 않는 것에 관심이 더 많은 것이다.

　여기 그가 밝히고 있는 대로 <정신적 원형>이나 <눈에 보이지 않는 것>은 그의 문학적 관심이 일관되게 지향하고 있는 주제인 동시에 앞서 이야기한 바 구체성으로 형상화되어야 할 추상성의 세계라고 할 수 있다.

　우리의 삶이란 언제나 현재라는 시간과 <저기>가 아닌 바로 <여기>라는 현장성 위에서 영위된다. 그러나 인간의 삶의 향방이 언제나 현재성과 현장성의 자장을 벗어나지 못할 때 그것은 동물의 본능적 생존의 의미를 넘지 못한다.

　그러기 때문에 인간은 현장성의 삶을 누리면서도 그 삶의 향방을 항시 가능성으로 존재하는 <저기>라는 초월적 시간과 장소에 두고자 한다. 그리고 이 경우 초월적 시간과 장소는 인위적인 편법으로 삼분하고 있는 세속적 시간을 뛰어 넘어 과거와 미래가 하나의 순환적 고리를 이루고 있는 근원적인 것임은 두 말할 필요가 없다.

이런 점에서 그가 눈에 보이지 않는 것으로서의 원형의 추구를 그의 문학적 지향으로 삼고 있다면 일단 그의 문학은 든든한 보편성의 기반 위에 뿌리를 내리고 있다고 할 수 있을 것이다. 그리고 그 원형적인 추구로서의 과거라는 시간이 단순히 지나가 버린 일회적인 것만이 아니라 먼 미래의 시간과 표리를 이루고 있는 동질적인 것임을 통찰하고 있다고 하는 것은 그의 문학이 도달한 개성적인 성과라고 할 수 있을 것이다.

그의 수필은 거의 예외 없이 이와 같은 보이지 않는 것으로서의 원형적인 것, 혹은 원형적인 것으로서의 가능성이 하나의 모티브가 되고 있다. 그리고 그 가능성은 과거의 것이면서도 또한 성취하지 못한 것이므로 언제나 미래의 것이기도 하다. 그러므로 그 가능성은 언제나 현재의 삶을 고양시키는 아름다운 꿈으로 남아 있기 마련이다. 이와 같은 모티브는 그의 첫 수필집에서부터 지속적으로 나타나고 있다.

「놓친 열차는 아름답다」는 네 개의 에피소드로 구성되어 있다.

첫째 이야기는 낚시의 밑밥을 엉뚱하게 송충이를 짓이겨 흙과 섞어 뿌린 다음, 우연히도 그것이 효력을 발휘한 듯 연달아 고기를 낚는 사나이의 이야기다.

둘째는 한 여선생이 학생 시절 열차에서 한 남자를 알게 되었으나 친구가 양보해 달라고 애원하여 포기한 뒤, 훗날 열차의 기적소리만 들어도 오르가슴을 겪게 된다는 이야기다.

셋째는 젊은 시인이 이루지 못한 한 여인과의 사랑에 대한 꿈의 이야기다.

마지막으로 넷째 이야기는 나뭇가지에 낚시가 걸려 있는 것인데 커다란 잉어가 걸린 것으로 착각하여 실랑이를 하다가 결국 낚싯줄이 끊어지고 그 뒤로 내내 그 놓친 잉어를 아쉬워하는 사람의 이야기다.

이 네 개의 에피소드는 일견 아무 관련도 없는 듯이 연결되어 있고 작자는 그가 말하고자 하는 주제를 더 이상 구차하게 설명하지 않고 있다. 그러나 조금만 독서경험이 있는 독자라면 이 네 개의 이야기가 모두 이루지 못한 어떤 가능성을 축으로 해서 연결되어 있음을 쉽게 알 수 있을 것이다. 그러나 그 가능성이 회한으로 남아서 과거의 웅덩이에 고여 있는 퇴영적인 것이 아니라 오히려 그것이 오늘의 삶을 고양시켜 내일로 향하게 하는 창조적 힘으로 표현되어 있음을 아울러 독자들은 주목해야 한다.

작자는 이러한 주제를 강변하지 않는다. 다만 지나가는 말처럼 맨 끝에 다음과 같이 적고 있는데 이런 것이 아마도 작법의 무르익음이리라.

놓친 열차가 아름답듯 유 교수에겐 놓친 잉어가 무척이나 아름다운 꿈을 심어 놓았다.

송충이 밑밥을 주어 고기를 많이 낚은 사람도 계속 송충이 밑밥을 줄 때마다 고기가 많이 낚여서 그 분만이 아는 비결의 꿈이 깨지지 않았으면 하는 생각이 든다.

젊은 시인에겐 놓친 여자가 아름답듯, 유 교수도 놓친 잉어가 바로 아름다운 꿈을 가득 실은 놓친 열차가 되었으면 한다.

과거의 가능성이 미래의 가능성으로 바뀌어지듯 그것은 또한 우리의 경험적 시간 속에서 현재화되기도 한다. 자연적 시간은 같은 강물에 두 번 발을 담글 수 없는 불가역성으로 존재하지만 창조적인 문학적 시간 속에서나 실존적 삶이 영위되는 경험적 시간 속에서는 시간은 가역성으로 존재한다.

물리적 존재나 동물적 존재는 불가역성의 자연적 시간을 따라 소멸하거나 생존해 간다. 그러므로 갈등도 꿈도 창조도 있을 수 없다. 그러나 인간은 불가역성의 자연적 시간 위에서 삶을 영위해 가는 지상적 존재이면서 동시에 가역성의 경험적 시간 속에서 그 초라한 삶을 극대화하는 자유를 가진 천상적 존재이기도 하다.

상반된 두 가지 시간의 위상 속에 놓여 있는 인간은 그러므로 언제나 상반된 가치의 두 극점 때문에 갈등과 슬픔과 좌절을 맛볼 수밖에 없다. 그러나 그러기 때문에 슬픔과 좌절이 그것만으로 끝나는 것이 아니라 동시에 기쁨과 희망으로 바뀌는 변증법적 계기가 되고 있음을 우리는 알고 있다.

이와 같이 시간성의 마술이 지닌 인간적 슬픔과 희망과 꿈을 서정범 교수의 수필은 담담하게 기술하고 있다. 예컨대 「미리내」를 보면 과거의 가능성이 현재화되면서 인간의 슬픔과 기쁨이 어떻게 변증법적 자리바꿈을 하고 있는지 아주 서정적인 문체와 구성을 통하여 잘 드러내고 있다.

이 글은 우선 미리내의 어원적 고찰로부터 시작된다. 그리고 소학교 시절의 다정한 짝이었던 은하라는 소녀와의 아름다운 추억이 정감어린 문장으로 기술된다. 기차가 얼마만큼 가까운 거리에 올 때까지 선로 위에 서 있느냐는 내기에서 정신을 잃고 쓰러졌을 때, 은하가 책보를 찬물에 적셔 머리에 대어 주던 일, 양계장에서 뱀 허물을 은하의 머리타래에 몰래 꽂아서 놀래 주던 일, 고향을 떠나던 날 새벽 정거장까지 새벽길을 배웅 나와 눈깔사탕 봉지를 건네주던 은하의 모습 등이 묘사된다.

그리고 훗날 그는 "외로울 때나 목숨을 건 전쟁터에서도 하늘의 은하수를 바라보며 고 귀여운 눈동자를 찾았던 것이다"라고 말하고 있다. 그리고 이 수필은 다음과 같은 문장으로 끝을 맺는다.

낳은 지 사흘째 되는 날 저녁, 잠자는 아기를 바라보고 있었다. 아기가 눈을 반짝 떴다. 순간 아가의 눈동자가 별같이 빛나는 것이 아닌가. 나는 한참 동안 황홀해서 멍했다. 그렇게도 수없이 찾고 그리던 별을 바로 내 귀여운 딸애의 눈에서 찾아낸 것이다. 딸의 이름을 미리내라고 지어야겠다. 밤하늘을 수놓은 별밭은 온통 내 귀여운 딸애의 눈동자로 가득 차 반짝거리고 있었다.

매우 치밀한 구성으로 짜여진 이 글 속에서 작자는 은하라는 추억 속의 인물을 은하수의 별로 사물화시킨 다음, 다시 아기의 눈으로 그 별을 전위시키면서 과거를 현재화하고 있다.

필자의 이런 진술은 기실 이 수필에서 이야기 되고 있는 경험들이 누구나 겪을 수 있는 이야기라는 점에서 매우 과장되고 유난스러운 언어유희로 자칫 오해될 수가 있다. 그러나 평범한 사실과 평범한 감성적 기술이 일회로 끝나지 않고 반복되면서 보다 의미심장한 어떤 방향을 취하고 있다면 그것은 대단히 중요한 문학적 기술의 한 초점으로 변하고 마는 것이다.

적어도 서정범 교수의 수필 속에서 위와 같은 사물과 시간의 전위에 대한 감수성은 그가 지향하는 보이지 않는 것으로서의 원형을 전제할 때, 그리고 그의 수많은 꿈과 무녀에 대한 글들을 상기할 때 그의 문학을 이해하는 데 있어서 빼놓을 수 없는 심장한 부호가 된다.

　사물이 창조적인 상상력 속에서, 그리고 고양된 한 순간의 실존적 삶속에서 전위된다고 하는 것은 과거 현재 미래의 시간이 하나의 동질적인 것으로서 상호 교호 된다고 하는 것과 아울러 가장 기본적인 형이상학적 사고 내지는 신화적 사고의 바탕이 된다. 주지하다시피 신화세계 속에서는 모든 사물이 마술적인 공감으로 일체화되어 있고 시간은 미분된 채 하나의 순환적인 위상 속에서 완전한 자유를 실현하고 있다.

　사물과 시간의 전위에 대한 감수성은 서정범 교수의 초기 수필로부터 지속적으로 다양하게 표출되다가 후기의 수필로 옮겨지면서 점차 위와 같은 신화적 세계의 일원적인 양상으로 집약된다. 그리고 그러한 주제의 응축과정에서 동원되는 소재는 거기에 걸맞게 무녀들의 신비체험이 주로 등장하게 된다.

　「시간의 요리사」는 신화적 시간 속에서 자유롭게 살아가는 한 무녀의 이야기로서 신화의 일원적인 세계가 혹은 보이지 않는 원형으로서의 세계가 어떻게 현재의 삶 속에서 이루어지고 있는가 하는 것을 아주 잘 보여주고 있다.

　　무녀들은 죽으면 대개 새가 된다고 여기고 있으며, 남자일 경우는 여자가 되고 여자일 경우는 죽어서 남자가 된다고 믿고 있다. 그 새는 학이 되거나 독수리가 되는 경우가 많은데 새의 암수는 여무가 죽으면 수컷, 남무가 죽었을 때에는 암컷새가 된다고 믿고 있다.

…(중략)…

제비가 될 것이라고 믿는 이는 늘 동작이 느리다고 여기고 있는 무녀이다. 그네에게는 여섯 살인 여조카가 죽었는데 그 여조카가 실려 있다. 어떤 때에는 6세의 의식으로 바뀌어 국민학교에 가고 싶고 인형을 갖고 싶고 소꿉장난을 하고 싶은 것이다. 그네의 손가방에는 어린이 장난감이 들어있기도 하다.

이렇게 무녀들은 시간을 초월하여 생과 사와 과거와 미래를 함께 살고 있다. 그래서 그는 무녀들을 시간의 요리사라고 부른다. 이러한 이야기들은 단순한 무녀들의 이야기를 객관적으로 기술하고 있는 것만은 아니다. 객관적인 기술로 그친다면 그것은 문학이 아니라 하나의 잡문에 불과하다. 여러 번 반복되는 말이지만 소재를 바라보는 작자의 일관된 관점 아래 그것들이 통합을 이루면서 궁극적인 지향점을 갖게 되고 세계에 대한 보편적 해석을 떠올리기 때문에 문학성을 드러낼 수 있게 되는 것이다.

그렇다면 서정범 교수의 수필이 도달한 지향점은 무엇이

며 세계에 대한 해석의 보편성은 어떻게 나타나고 있는가.
이러한 질문에 대한 응답으로 볼 수 있는 작품이 「그 생명
의 고향」이다.

> 사람이 죽으면 무덤에 묻힌다. 무덤은 알모양이다. ……… 죽어
> 서 알무덤에 묻힌다는 것은 우리가 태어난 알로 다시 돌아가려
> 는 것이다. 그것은 다시 태어나고 싶은 욕망과 영생을 회구하는
> 표현이라 하겠다.

이와 같은 서두로 시작되는 이 글은 박혁거세, 고주몽, 김
수로왕 등의 난생설화를 소개하고 문무왕의 수장을 이야기
하면서 자연스럽게 인류의 모태회귀에 대한 끈질긴 소망을
드러낸다. 그리고 "어머니 배 속에서 태어난 분화된 존재는
분화되지 않고 하나가 되어 있는 어머니 뱃속을 그리워한
다"고 설명한다.

결국 서정범 교수의 문학적 노력의 구심점이 되고 있는
것은 미분된 근원의 세계, 혹은 근원적인 생명의 고향에 대
한 인식이라고 할 수 있다. 그 근원적인 세계는 삶과 죽음
이, 그리고 과거 현재 미래가 순환하고 있는 세계다. 그리고
그는 이 근원적인 생명의 고향을 사랑이라고 말한다. 그의
모든 작품은 거의 예외없이 이 근원적인 생명의 고향에 대
한 인식에 의해서 지탱되고 추진되어 왔다고 할 수 있다. 이

러한 통찰과 인식이 그의 감수성의 원리가 되고 있으며 일견 과거지향적인 이야기들의 통합 원리가 되고 있다고 하는 것은 그의 수필이 앞서 말한 구체성과 보편성의 획득을 통하여 개성적인 독자적 문학세계를 정립시키고 있음을 뜻한다고 볼 수 있는 것이다.

그리고 그가 근원적인 세계의 인식과 아울러 모든 생명현상과 우주의 변화와 삶과 죽음이 하나의 리듬이라고 진술할 때 근원에의 회귀라고 하는 주제가 그의 수필문학의 구성원리가 되고 있음을 다시 한 번 확인하게 된다.

3.

서정범 교수의 수필이 지닌 매력은 우선 일차적으로 두 가지를 들 수 있다. 하나는 간결 명료하고 정확한 문장의 평명한 표현과 함께 템포가 빠른 진행감이다. 그는 어떤 이야기든 아주 쉽고 평이한 문장으로 풀어 나간다. 독자들은 편한 마음으로 긴장을 푼 채 그의 이야기를 따라가면 되는 것이다. 거기에다 이야기의 전개에 있어서 쓸데없는 군살을 붙이거나 머뭇거리지 않고 경쾌한 속도로 진행시켜 나간다. 이런 점이야말로 현대의 독자들한테는 가장 큰 매력이 아닐 수 없다.

또 다른 하나는 무궁무진하고 다양한 이야깃거리를 들수 있다. 그의 이야기는 그야말로 끝없이 쏟아지는 폭포처럼 줄기차게 이어진다. 더구나 그 이야기들이 흔히 들을 수 없는 무녀들의 신비체험에 이르러서는 더 말할 필요가 없으리라.

수필이 소설의 산문성과 시의 서정성을 통합하는 장르라고 하는 것은 상식적인 이야기거니와 산문성의 여러 특징중 가장 두드러진 점은 두 말할 것 없이 플로트의 재미에 있다고 할 수 있을 것이다.

이런 점에서 서정범 교수의 수필은 매우 힘든 일단의 문학적 성취를 이룬 셈이다. 흔히 수필의 소재를 계시적 제재와 동시적인 공간적 제재로 분류하기도 하는데 그의 제재를 살펴보면 거의 계시적인 제재로서 시간의 추이에 따른 사건의 전개를 다루고 있음을 볼 수 있다. 예컨대 어학적인 주제나 학문적 관심의 일단을 수필로 다루었을 때도 그는 예외없이 계시적인 제재의 원용으로 재미있게 풀어나간다. 다시 말하면 공간적 재제의 시간화라 할 수 있을 것이다.

이미 앞에서도 말한 바 있거니와 수필문학이 정보심리학에 기울어져 있는 장르라고 할 때, 이와 같은 서정범 교수의 계시적인 이야깃거리의 풍부함은 그의 문학을 위하여 대단

히 유익한 것이기는 하지만 그것들이 단지 정보가 지닌 일
회적인 흥미와 새로움만으로 충격을 준다면 문학적 자기주
장을 포기한 잡문에 불과한 것이라고 볼 수 있다.

그의 수필이 문학성을 얻고 있는 까닭은 그와 같은 풍부
한 정보를 독자에게 제공하는 방식, 즉 고도한 문학적 구성
원리를 지니고 있기 때문이다.

대개의 수필들이 단순구성이나 산만 구성에 의해 쓰여지
고 있는 것이 일반적인 데 비하여 그의 수필은 대부분 복합
구성에 의하여 조직되어 있고, 더구나 그것들은 마치 한 편
의 소설의 플로트처럼 정교하고 치밀하게 조직되어 있음을
볼 수 있다.

이러한 예의 대표적인 것으로 「싸늘한 단풍 이야기」를
들 수 있다. 일견 액자소설의 형식을 닮은 구성을 채용한 것
으로서 인물의 묘사, 사건의 전개, 주제의 구체화 등이 완전
히 한편의 소설과 같다. 더구나 3인칭 서술에 의한 전개는
박진감마저 불러일으키고 있다.

이와 같은 특징은 그의 어느 수필에도 해당되는 것으로
서 이른바 읽히는 수필로서의 재미를 만들어 내는 데 대단
히 중요한 몫을 하고 있다고 볼 수 있다. 그리고 또 하나 지
적할 수 있는 것은 그와 같은 이야기들을 한편의 수필 속에
여러 개 중첩시켜 놓고 있다는 점이다.

맨 처음 그의 이와 같은 구성의 수필을 대할 때 독자들은 잠시 어리둥절해지고 만다. 왜냐하면 이렇게 중첩되어 있는 이야기들을 작자는 아무 설명도 없이 병치시켜 놓았을 뿐으로 얼른 보면 그들 사이에 아무 관련도 없는 것처럼 보이기 때문이다.

우선 이 병치구조의 한 예로 「놓친 잉어」를 들어보자.

이 글은 에피소드까지 네 개의 이야기를 병치시켜 놓고 있다. 임진강 상류의 잉어 모양으로 생긴 바위에 얽혀 있는 두 사랑하는 남녀의 애달픈 전설, 이북에서 남으로 넘어올 때 훗날까지 오래 마음 한 구석에 남아있던 여제자와 헤어지던 이야기, 어느 여름. 휴전선을 방문하여 듣고 본 철책선을 넘나드는 짐승들의 이야기, 그리고 유 교수와 임진강에서 낚시질을 하다가 진귀한 고기를 잡고 잉어를 놓친 이야기 등이 차례로 전개된다.

이 이야기들 사이에 작자는 아무 설명도 삽입하고 있지 않다. 행간의 설명과 의도를 독자의 상상력의 자유에 맡기고 있을 뿐이다. 처음 읽을 때 독자는 좀 당황하지만 이야기가 중첩되면서 그것들이 모두 인간의 헤어짐과 그리움의 주제에 대한 보편적 정서를 다루고 있음을 깨닫게 된다. 말하자면 동일한 주제의 상이한 플로트라는 중첩구조인 것이다.

매우 아름답고 서정적인 문체로 쓰여진 「나비 이야기」도 이러한 병치구조의 예로서 거의 완벽한 통일성을 지닌 구성을 보이고 있는 예다.

하나 더 예를 든다면 「흉터」와 같은 것도 그러한 병치구조를 보이고 있다. 이 글은 낚시를 하다가 물귀신한테 뒤통수를 얻어맞은 친구의 이야기, 잉어 조상이라는 윤씨 노인이 잉어를 잡은 뒤 의문의 변사를 겪는 일, 작자가 강낚시에서 잡은 용이 다 되어 가는 모래무지의 이야기, 꿈이야기와 전쟁 때 입은 총상의 이야기 등이 차례로 병치되어 있다. 흉터가 암시하는 바의 주제를 몇 개의 상이한 이야기를 중첩시켜 부각시키고 있는 것이다.

여기서 병치구조와 중첩구조라는 말을 혼용하고 있는 까닭은 동일한 주제를 부각시킨다는 점에서는 중첩구조이지만 상이한 소재의 연결이라는 점에서는 병치구조라고 할 수 있기 때문이다.

어쨌든 서정범 교수의 이러한 구성 원리는 대우성 문학의 약점이라 할 수 있는 작자의 독자에 대한 일방적인 설교와 해설을 최대한 억제하는 데 있어서 대단히 중요한 구실을 하고 있는 셈이다. 말하자면 작자는 독자에게 전달하고자 하는 추상적 정보를 구체화시켜 제시할 뿐 절대로 전면에 나서는 일이 없다. 1인칭 서술의 고백문학이라 할 수 있는 수필에서 작자가 자신의 모습을 직접 드러내지 않고 문학적 구체성과 추상성을 성공적으로 통합할 수 있다고 하는 것은 항용 신변잡기나 사담으로 떨어지기 쉬운 수필의 장르적 특성과 현실을 생각할 때 비범한 문학적 재능의 성과라고 할 수 있을 것이다.

모든 문학의 구성 원리는 그 자체의 논리가 지닌 가치를 위해서 존재하는 것이 아니라 궁극적으로 형상화되어야 할 주제와 필연적인 일체를 이룰 때 비로소 정당한 문학적 가치를 띠게 된다. 문학의 형식을 이른바 달성된 내용이라고 부르는 까닭은 바로 그런 연유에서인 것이다.

그렇다면 서정범 교수 수필의 중첩 내지 병치구조는 필연적으로 그가 지속적으로 내보이고 있는 근원에의 회귀라는 주제와 상호 긴밀한 통합구조를 이루어야만 한다.

분화된 사물과 현상은 결국 미분의 근원적 세계로 회귀하게 되고 거기에서 동질적인 일체를 형성하게 된다는 것을 우리는 앞에서 살핀 바 있다. 그 근원적인 세계가 보이지 않는 것으로서의 원형이라 할 수 있으며 하나의 리듬으로 파악되는 것이다.

근원에의 회귀와 리듬의 현상은 동일성의 순환운동에 불과하다. 분화된 세계의 아무리 다양한 현상일지라도 결국은 동일한 리듬의 변주에 불과한 것이고 근원적 세계의 잠정적인 변화에 불과한 것이다. 이 경우 그 근원적 세계 혹은 원형이란 어느 면에서 인간의 이상이나 이데아에 흡사하다고도 볼 수 있는 것이다.

이렇게 볼 때 보이지 않는 하나의 원형, 혹은 동일성을 특징으로 하는 일원적인 근원세계의 형상화는 중첩구조나 병치구조가 필연적으로 요구된다는 것을 알 수 있다. 다시 말하면 상이한 이야기들의 중첩과 병치는 동일한 주제에 의해서 동질적인 것으로 통합되는데 그것은 마치 분화된 다양한 현상이 결국 하나의 동일한 리듬이나 근원세계에 회귀하는 것과 동일한 형식이라는 말이다.

외형적으로 일견하여 아무 관련이 없는 듯한 이야기를 병치시켜 놓은 구성 원리가 결국은 그가 지속적으로 드러내고 있는 근원에의 회귀라는 주제를 떠올리기 위한 필연적인 방법이었음을 다시 한 번 확인하게 된다.

물론 이것은 작자가 의식했을 수도 있고 다만 무의식적인 우연의 소산일 수도 있다. 그러나 무의식적 소산이라 하더라도 그것이 문학적 논의에서 그와 같은 문학적 방법의 가치를 무화시키는 구실이 되지는 못한다.

4.

수필문학이 다른 장르와 달리 독자적인 특성으로 빛을 발하는 요소는 여러 가지가 있겠지만 그 중에서도 날카로운 통찰력과 기지와 비판력을 요구하고 있다는 점은 주지의 사실이다. 단순한 정서의 표현도 아니고 재미있는 이야깃거리를 제시하는 것만도 아닌 것이다. 산문의 이야깃거리와 비평의 지적 통찰력과 날카로움, 그리고 시의 정서가 통합될 때 우리는 수필을 정당한 문학성을 지닌 것으로 대우하게 된다.

그러나 수필의 지적 작용이 필요 이상으로 확대되어 전면에 나설 때 우리는 거기서 무미건조하고 딱딱한 학문적 소논문이나 설익은 철학적 사색의 편린을 보게 된다. 수필이 엄연히 문학의 한 장르라고 한다면 그와 같은 경직된 지적 성향을 적절히 제어하는 성실성을 작가는 항상 잊지 말아야 할 것이다.

국어학자로서의 서정범 교수의 수필이 날카로운 지적 통찰력과 기지를 발휘하는 곳은 어학적인 소재나 문학 작품을 무속적인 접근을 통하여 다룰 경우이다.

예컨대 「아리랑」에서 그는 우리의 전통적인 민요 아리랑의 어원을 밝히고 있는데 그의 기지와 통찰력이 유감없이 발휘되고 있음을 볼 수 있다. 그리고 어원을 밝히는 데 있어서 딱딱한 국어학적 논의만을 전개하는 것이 아니라 적절한 예화를 재치있게 제시함으로써 독자의 흥미를 끝까지 배반하지 않고 있다.

푸닥거리의 어원학적 해석으로부터 시작하여 난생설화의 예와 그것의 함축적인 의미를 이야기한 뒤, "알다(지)"라는 동사가 알에서 전성되었음을 말하고, 아리랑이 알에서 나왔으며 박혁거세의 비인 알영과 동궤의 의미임을 설파한다. 그래서 그는 「알이라 알이라 알아리오」를 "나라여 겨레여 얼이요"에 대응하는 것으로 파악하고 있다.

적어도 이러한 논의들이 엄격한 학문적 차원에서는 쟁점이 없을 수 없겠으나 문학적 기술로 볼 때 우리는 거기에서 날카로운 기지와 통찰력의 지적 성취감을 맛볼 수 있는 것이다.

특히 그의 이러한 지적 통찰력에 의해서 새로운 문학적 해석을 시도한 것으로 주목되는 것은 고려가요 "동동"을 소재로 하고 있는 「동동다리」, "처용가"를 해석한 「다리 네 개」, 그리고 "헌화가"를 해석한 「꽃씨 이야기」 등을 들 수 있다. 이외에도 이상화의 "나의 침실"을 무교적인 입장에서 해석한 것 등은 그의 수필이 도달한 독특한 영역이라 할 수 있을 것이다.

한 작가가 펼쳐 보이는 문학세계나 그 업적을 논의하는 접근방법은 매우 다양하다. 지금까지 이 글은 서정범 교수의 수필이 지속적으로 응축시켜 나간 근원에의 희귀라는 주제와 그 주제를 드러내는 구성의 원리를 중심으로 매우 한정된 논의를 시도해 보았다.

그 결과 그의 문학은 수필 장르의 상반된 두 가지의 요구, 즉 정보의 추상성을 구체화하는 문제와, 구체적인 소재에서 보편성을 이끌어 내는 방법적 문제 등을 큰 파탄 없이 성취하고 있음을 확인할 수 있었다.

무형식의 형식으로 정의되는 수필 문학의 이와 같은 주목할 만한 성취는 한국의 수필문학이 그간 이루어 온 성과 위에서 보다 든든한 발전의 도약대가 되어줄 수 있을 것이다.

(경희문학, 1986)

틀 짜기와 틀 부수기

—김진악『아름다운 틀』

  보산 김진악 교수의 주갑 예문집으로 나온 두 권의 책 중
에서 특히『아름다운 틀』이라고 하는 책은 기묘하게도 독
자에게 찬탄과 놀라움을 안겨준 다음에 한동안 당혹스러움
과 모종의 진지한 침잠을 겪게 만든다.

  그 찬탄과 놀라움은 주로 책 속에 실려있는 사진 작품이
나 온갖 틀에서부터 책 자체의 장정, 편집, 디자인 등에 이
르기까지 그 모든 것들이 너무 아름다울 뿐만 아니라, 또한
그것들이 아주 예쁘고 아름답게 하나로 조화되어 책 자체
가 일종의 예술품이 되어 있다는 사실에서 온다.

  그러나 책이 하나의 예술품이 되어 있다는 것은 그렇게
단순한 문제가 아니다. 그것은 책에 대한 우리들의 상식을
뿌리째 뒤흔드는 일이다. 왜냐하면 일반적으로 우리들은

책 자체는 어떤 중요한 정보를 전달하기 위한 한낱 형식적 도구에 불과한 것이라고 생각하기 쉽기 때문이다. 그래서 책 속에 담은 정보는 가치 있는 것이고 그것을 전달하는 물질적이고 가시적 형식인 책은 종속적인 가치밖에 지니지 못한 것으로 전락하고 만다.

과연 그런가.

우주의 삼라만상은 말할 것도 없고 인간들이 믿고 있는 진리나 위대한 사상에 이르기까지 그 모든 것들이 자신에 가장 적합한 형식의 몸을 얻고 나서야 자기존재를 드러내고 있지 않은가. 그 적합한 형식이 물질이거나 언어이거나 간에 말이다. 그렇다면 어떤 점에서는 책이라는 물질적인 형식이 오히려 그 책이 담고 있는 정보의 내용을 낳는 어머니라고까지 볼 수도 있지 않은가.

우리는 평소에 책이라는 형식이 지닌 이와 같은 근원적인 아름다움에 대하여 뒤돌아볼 겨를이 없었다. 아마도 그것은 오늘날 우리가 모두 앓고 있는 실용주의와 기능주의에 쫓기는 삶의 태도 때문이리라.

이런 점에서 하나의 예술품이 되어 있는 『아름다운 틀』이란 책은 책명이 암시하고 있듯이 이미 책 자체가 아름다운 틀이 되어서 저 근원적인 형식의 아름다움에 대한 성찰로 독자를 이끌어 준다. 바로 이러한 이끌림에 의해서 독자는 난데없는 일종의 당혹스러움과 모종의 진지한 침잠을 겪게 되는 것이다.

책을 열면 형형색색의 틀과 그 틀 속에 자리 잡은 사진 작품들이 보는 이의 눈을 사로잡는다. 그러나 그 작품들을 아름답다고 찬탄하면서 보는 것은 잠시일 뿐, 예민한 독자라면 바로 어리둥절한 당혹 속에 빠져들 것이다.

사진 작품이 중심인지 그것을 넣은 틀이 중심인지 헷갈리기 때문이다. 책의 제목으로 미루어서 틀이 중심인 것만은 틀림없지만, 동시에 그것은 또한 일반적인 우리들의 상식을 뒤집는 일이기도 한 것이다.

사진 작품만을 실은 책은 많지만, 그리고 사진 작품을 틀에 넣었어도 어디까지나 사진 작품을 보이기 위한 것이 종래의 일반적인 현상이었지만, 이와 같이 사진을 틀에 넣어 가지고 그것을 다시 사진을 찍은 다음 책을 만들어 틀을 보여주고자 한 예는 전무하다시피 한 일이기 때문이다.

게다가 수필 형식의 글들이 사진 작품들과 함께 이따금 나란히 배치되어 있는 데서 그 당혹감은 더해진다. 사진 작품과 틀의 중심이 뒤바뀌고 그 뒤바뀐 속에 수필이 끼어들어서 마치 포스트모더니즘의 장르 넘나들기를 연상시키기도 하는 것이다.

그렇다면 과연 틀이란 무엇인가.

그림이나 사진을 끼워 넣은 액자만이 틀은 아닐 것이다. 주물을 만들 때 쓰는 금형도 틀이고, 같은 치수와 모양의 옷을 대량생산할 때 사용하는 옷본도 하나의 틀이고, 온갖 가구와 생활용품에서부터 비행기나 선박, 그리고 건물에 이르기까지 그것들을 만들어 낼 때 사용하는 일정한 치수와 형태의 밑그림인 설계가 모두 그 나름의 틀이다.

이렇게 볼 때, 눈에 보이는 것 치고 틀이 없는 것은 하나도 없다. 그뿐만 아니다. 눈에 보이지 않는 법과 제도, 도덕과 규범, 전통과 인습, 이념과 사고방식, 세계관, 인생관, 가치관 등이 모두 틀이다. 유형 무형의 모든 것들이 틀이 없이는 존재할 수가 없다. 이렇게 보면 존재는 틀이라는 말도 있음직하다.

존재는 틀이다.

그러므로 틀이 달라지면 존재도 변한다. 사각형의 틀이 원형으로 바뀌어지면 그 속에 있는 내용물도 원형으로 바뀌어지고 마는 것이다. 전통과 인습이 다르고 사고방식과 가치관이 다르면 동일한 사물을 보더라도 그 사물의 의미와 형상은 실로 무쌍하게 달라진다.

개개인이 사물을 보는 시각과 인식의 틀이 다르듯이 시대와 민족에 따라 그 틀은 또한 다르다. 그러나 틀이 무한히 다르기만 한 것은 아니다. 시대와 민족과 계층과 집단에 따

라 보다 큰 규모의 동일한 틀이 있으리라는 것도 쉽게 짐작
되는 일이다.

그렇다면 다시 한 번 틀이란 무엇인가.

틀은 존재를 한정하고 규정하는 것이다. 모든 존재는 근
원적으로 한정되고 규정되어서 존재한다. 그것이 존재의
숙명이다. 무한정적이고 무규정적인 존재는 처음부터 우리
가 인식할 수가 없다.

이렇게 사물을 한정하고 규정하는 틀이 문화의 영역에서
세련되게 되면 그것을 우리는 흔히 미술사에서 <양식의
수수께끼>라고 말할 때의 바로 그 양식이라 할 수 있을 것
이다. 틀이 변하고 양식이 변하니까 역사가 비롯하고 미술
사의 기술이 가능해진다.

이런 점에서 중국 청나라 때 강희제가 사람의 옆모습을
그린 서양의 초상화를 보고 어찌 사람의 눈이 하나밖에 없
느냐고 의아해 했다는 일화는 바로 틀과 양식의 다름이 얼
마나 의미심장한 결과를 초래할 수 있는 것인가 하는 것을
잘 보여준다.

이제 위와 같은 이야기를 염두에 두면서 『아름다운 틀』
이 어떤 과정을 통해서 만들어졌고, 그 과정을 통해서 결국
무엇을 보여주고 있는지 살펴보기로 하자.

작가가 사진을 찍을 때는 먼저 작품의 대상에 대한 지각

이 전제된다. 지각은 작가가 대상을 바라보는 일정한 원근의 시각과 구도라는 틀에 의해서 결정된다. 새로운 원근의 시각과 구도에 의해서 사물이 한정되고 규정될 때 그 사물은 인습적인 물질성과 관념성을 벗어버리고 새로운 예술적 형상으로 탈바꿈된다. 이것이 흔히 말하는 형상의 발견이다.

바로 이 형상을 드러내기 위해서 카메라 앵글을 맞추어 사진을 찍는 것이다. 그러나 사진 작품은 언제나 작가가 새로운 형상을 발견한 시각과 사진기의 기계적 앵글이 갖는 필연적인 편차를 지우지 못한 채 완성되는 것이다.

그러므로 사진 작품은 엄밀히 말해서 인간적 시각과 기계적 시각이 행복한 합일을 꿈꾸면서 만들어 내는, 그러나 결코 합일되지 않는, 그래서 두 시각의 조화와 갈등이 아지랑이처럼 미세하게 떨리는 복선적 그림으로 나타난다.

복선적 그림으로서의 사진은 그러므로 두 개의 시각이 빚어낸 두 개의 지평선을 지니고 있다고도 말할 수 있으리라. 다만 인간적 시각의 지평은 사진기라는 도구적 시각에 의해서 보이지 않게 이미 규정된 것이므로 음화로 존재하고, 사진기의 앵글이 만든 지평이 그 음화 위에서 양화로 떨리고 있는 것만이 다르다고 할 것이다.

어쨌든 이와 같이 만들어진 작품은 다시 한 번 작가가 선

택한 액자라는 틀 속에서 새롭게 규정되면서, 즉 인간적 시
각에 의해서 다시 새로운 형상으로 변용되면서 하나의 작
품으로 완성된다.

이 단계에서는 사진기의 앵글이 만든 지평의 양화가 음
화로 지워지면서 작가의 새로운 시각이 양화로 떠오르게
된다. 그러나 여기에서 그치지 않고 작가는 다시 틀에 끼워
져 완성된 작품들을 다시 사진으로 찍어서 틀 속에 집어넣
기도 하고, 또 이렇게 여러 단계를 거친 작품들을 벽면에
이리저리 걸어놓고 다시 사진을 찍어 틀 속에 집어넣기도
한다.

그리고 최종적으로 이렇게 만들어진 작품들을 책이라고
하는 아주 이질적인 또 하나의 틀 속에 정착시켜 내어놓는
다. 지금 우리들은 그렇게 겨우 잠정적인 완성 속에 거주하
고 있는 책 속의 작품들을 제 나름의 틀을 통해서 바라보고
있는 것이다.

이 연속적인 과정을 좀 더 공식적인 어투로 표현한다면
시각이 시각을 바라보고 구도가 구도를 바라보며 틀이 틀
을 지우고 생성시켜 가는 하나의 운동과정, 즉 틀 짜기와 틀
부수기라고 말할 수 있으리라.

그렇다면 이와 같은 일련의 작업단계가 반복되면서 계속
적으로 여과된 것은 무엇이고 남은 것은 무엇인가.

연속적으로 여과된 것은 작품의 대상으로 선택되었던 최초의 사물이 지닌 물질성, 일상성, 상투성, 인습성, 관념성 등등이고, 남은 것은 연속적인 여러 단계의 틀이 지닌 순수성과 무한한 생성 가능성, 즉 틀이라는 일차적 구속성이 필연적이고도 부단하게 잉태하게 되는 자기초월의 계기, 또는 열려있는 틀의 개방성과 자유다.

결국 이 책이 보여주고 있는 것은 사물의 아름다운 형태가 아니라 틀의 개방성과 자유가 지닌 영원한 아름다움이라고 할 수 있을 것이다.

이 책이 보여주고 있는 작품들 속에는 중첩된 틀의 지평들이 서로가 서로를 지우고 생성하면서 아지랑이처럼 떨리고 있다. 그 떨림의 틈 사이에서 인간존재 또한 부단히 흔들리면서 꿈을 꾸고 의미를 낳는다.

떨림의 틈, 즉 이것과 저것 사이의 비교나 대조의 양립이 없다면 어떻게 현실과 이상이 있으며 의미와 가치가 생겨날 수 있겠는가. 그러므로 틀 짜기와 틀 부수기는 어떤 의미에서 인간이 인간적 삶을 지속하기 위한 필연적인 운동이라 할 것이다.

이 운동이 멈출 때 우리의 삶은 죽음의 나락으로 전락하고 만다. 왜냐하면 틀은 그 자체를 유지하려는 물질적 속성을 지니고 있고, 그래서 모든 틀은 시간이 지나면 고루해지고, 경직되고 억압적이 되어서 반생명적인 권위로 우리를 구속하기 때문이다.

예술은 언제나 새로운 형상의 발견에 의해서 그 존재가치를 빛낸다. 예술이 낡은 틀 속에 안주하고 있다면 이미 그것은 예술이 아니다. 예술은 가장 생명적인 현상이고, 생명적인 만큼 그것은 본질적으로 자유의 다른 이름에 불과하다.

그러나 그 틀 부수기에 의한 자유의 추구는 예술가적 기질이 지닌 어린이와 같은 남다른 순수성과 개방성과 열정이 없으면 참으로 성취하기 어려운 일이다.

이제까지 『아름다운 틀』이 주는 놀라움과 당혹감과 그리고 모종의 침잠의 경험에 대하여 붓이 가는 대로 적어 보았다.

마지막으로 하나의 화두 같은 의문을 던져본다.

책의 서문에서 저자는 이러구러 만들어 놓은 액자가 약 오백 개는 될 것이라고 한다. 참으로 놀라운 열정과 몰입이다. 물론 이와 같은 순수몰입이 예술창조의 원동력이 되는 것은 말할 것도 없지만, 이제 그 정도 했으니 그 틀 짜기와 틀 부수기를 지속케 하는 저자의 원형적 틀 자체를, 바로 그 틀 짜기와 틀 부수기의 원동력에 의해서 부수어 버리고 그만 나올 수는 없을까.

이런 주문은 마치 고기를 잡고 나면 통발을 버리라는 장

자의 말이나, 부처를 만나면 부처를 죽이라는 역대 조사들
의 말과 궁극적으로 같은 것이어서 참으로 어려운 일이기
만 한 것일까.

(배재문학, 1996)

삼국유사, 초월적 진실

　『삼국유사(三國遺事)』의 지은이 승려 일연(一然)은 고려 희종(熙宗) 2년에 경산(慶山)에서 태어났다. 그의 아버지는 김언필(金彦弼)이고 어머니는 이씨(李氏)였다. 그의 처음 이름은 견명(見明), 자는 회연(晦然)이며, 말년의 이름은 일연이다.

　전해지는 이야기에 의하면 어느 날 햇빛이 방 안에 들어와 어머니 이씨의 배를 비치기 시작한 지 거의 사흘 만에 그를 잉태하였다고 한다.

　그는 어려서부터 눈매가 매섭고 몸가짐이 의연하였다. 9살 때에 공부를 하기 위하여 어머니의 슬하를 떠나 남해(南海) 무량사(無量寺)에 들어갔다. 그 당시는 대부분의 지식인들이 무신 집정가(武臣執政家)들의 학대를 피하여 산사에 숨어 있었기 때문에 학문을 하기 위해서는 산사를 찾아가는 것이 일반적인 풍조였다. 여기서 5년간 유학과 불경을 공부하고, 14세 때에 그는 설악산(雪嶽山)의 진전사(陣田寺)에 가서 승려가 되었다.

22세에 선과(禪科)의 상상과(上上科)에 급제하였고, 32세에 삼중대사(三重大師)의 승계(僧戒)를 받았으며, 39세 때에는 선사(禪師)의 가호(加號)를 받았다. 54세 때에 대선사(大禪師)가 되었으며, 63세 때에는 왕명에 따라 운해사(雲海寺)에서 대장경 낙성회를 열었는데, 이때 강설에 막힘이 없어 이름을 크게 떨쳤다. 78세 때에 충렬왕(忠烈王)이 승지를 보내어 국사(國師)의 예를 갖추고자 하였으나 굳이 이를 사양하므로 국존(國尊)으로 책봉하고 궁내에 머물게 하였다.

그러나 그는 이내 노모의 연로함을 빙자하여 구산(舊山)으로 내려갔다. 84세 되던 1289년 7월 8일, 그는 여러 승려와 더불어 선문답을 하다가 문득 손으로 금강인(金剛印)을 맺고 입적하였다. 이때가 그의 승랍 71년이었다.

일연의 행장을 대충 살펴보면 그가 높은 덕과 깊은 학문으로 왕의 극진한 존경을 받았음은 물론이요, 많은 백성들의 추앙의 대상이 되었음을 알 수 있다. 그러나 그가 살다 간 시대는 참으로 불행하고 비극적인 시기였다.

일연이 태어났던 때는 무신란(武臣亂)이 일어난 지 30여

년이 지나 최충헌(崔忠憲)의 무인 집권 체제가 확립되었던 때라 부정과 불법이 자행되고 행정의 기강이 극도로 문란하였다. 농민들은 끝없이 수탈을 당하였고, 마침내는 농민과 노비의 반란이 전국적으로 일어나기도 했다.

이러한 내정의 혼란 속에서 그는 청소년기를 보내야만 했다. 또 그의 생애 중반 이후에는 몽고족의 침입을 겪어야 했다. 몽고족이 침입하자 최씨 집정가들이 국토와 백성을 몽고군의 방화, 약탈, 살육 앞에 방치한 채 강화도(江華島)로 천도(遷都)하는 꼴을 보아야 했고, 그 전란의 와중에서 황룡사(皇龍寺)의 9층탑이 무너지는 것을 보아야 했고, 백성들이 다투어 몽고의 풍속을 따르는 것을 보아야만 했다.

또한 그의 말년은 원(元)나라의 내정 간섭을 받아 국가의 자주성이 크게 약화되었음은 물론, 일본을 정벌하려는 원의 야욕에 막대한 물자와 인민을 차출당하는 상황이었다.

앞에서 개괄한 바와 같이 일연이 국존으로서 한 나라의 정신적 지도자였다면, 그의 전 생애가 겪은 비극적 시대의 상황이 정신 활동의 결정인 그의 저술과 결코 무관하지는 않을 것이다.

다 아는 바와 같이 『삼국유사』는 김부식(金富軾)의 『삼국사기(三國史記)』와 더불어 현존하는 최고의 사서(史書)이다. 그리고 또한 불교를 중심으로 한 종교사의 성격을 지닌 책이기도 하다. 더구나 이 책은 50여 년에 걸친 장기간의 사료 수집을 통하여 그의 생애 70대 후반으로부터 84세에 입적(入寂)하기까지 주로 만년에 집필된 저서이다. 실로 한 인간의 전 생애를 건 비원의 저작이라고 할 수 있다.

그렇다면 무엇이 속세를 버린 한 승려로 하여금 그와 같은 문외의 사서를 저술케 하였을까. 이 물음에 대한 대답은 그의 삶의 시대적 배경을 전제할 때, 아마 크게는 두 가지로 요약할 수 있을 것이다.

첫째는 민족의식을 잃어 가는 국민들에게 민족의 역사, 특히 화려했던 삼국 시대를 재인식시킴으로써 민족적 주체의식을 되찾게 하려는 의도이다.

둘째는 현세적 권력에 의지하는 삶보다 초현실적인 진실과 정신적 가치를 지향하는 삶에 대한 강조이다. 이런 점들은 『삼국유사』의 내용적 성격과 서술 체제를 살펴보면 쉽게 수긍할 수 있다.

5권으로 되어 있는 『삼국유사』는 왕력편(王曆篇)을 편수로 계산하고, 두 편의 기이편(紀異篇)을 하나로 치면 9편의 구성으로 되어 있다. 삼국(三國)과 가락(駕洛)의 왕대와 연표에 해당하는 왕력편을 제외하면 실제의 본문은 기이편부터 시작된다. 기이편의 내용은 삼국 이전의 역사를 다룬 부분과 이후를 다룬 부분으로 크게 나눌 수 있다.

여기서 주목되는 점은『삼국사기』에 수록되지 아니한 고조선, 기자 및 위만조선을 비롯하여 가락 등의 역사를 포함하고 있다는 사실이다. 더구나 그 기사들이 대부분 신이한 내용을 담고 있다는 점이다. 이 점은 현세적이고 합리적인 사실만을 다룬 중국적 합리주의의 산물인『삼국사기』와 크게 다른 점이다.

일연은 유교적 합리주의로 바라볼 수 있는 역사와 함께 초월적 진실의 세계가 바로 그 역사 속에 실재하고 있음을 증언하면서 그 같은 두 줄기가 인간의 세계와 문화를 지탱하고 있다고 믿었던 것이다.

한편 일연의 신이사관(神異史觀)에 의하여 저술된 단군 조선에 대한 기록은 민족의 자주 의식의 발로라는 점에서 특히 주목된다. 단군과 각국의 시조가 모두 하느님의 아들이라는 신화의 내용에서 우리는 그러한 민족 자존 의식과 자주 의식을 역력히 엿볼 수 있다. 이런 점은 위만조선과 한(漢)제국과의 전쟁에서 한족의 패배상을 상세하게 기술한 점에서도 찾아 볼 수 있다.

오늘날 우리들로 하여금 반만 년의 유구한 역사를 자랑할 수 있게 하고, 단군을 국조(國祖)로 받드는 배달 민족의 긍지와 자존을 갖게 한 것은 바로『삼국유사』의 이러한 기록에 의해서인 것이다. 만약 이러한 기록이 없었다면 아마도 우리는 삼국 시대 이전의 우리 역사를 중국의 사료인『삼국지(三國志)』의「동이전(東夷傳)」에 겨우 의존할 수 밖에 없었을 것이다.

또 하나 우리가 여기서 놓쳐서는 안 될 점은 기이편의 내용이 대부분 신화와 설화의 형식이라는 점이다. 이 점은「흥법편(興法篇)」 이하에서 나오는 인물들이 귀족층은 물론 서민과 노비의 신분까지 귀천의 차별 없이 등장하고 있다는 사실과 함께 일연의 역사의식을 엿볼 수 있는 귀중한 단서가 되고 있다.

즉 신화와 설화를 창조하고 발전적으로 보존 지속해 나가는 주체가 민중의 집단적 심성이라는 점에서 역사의 주체로서의 민중에 대한 의식을 일연이 상당히 강렬하게 지니고 있었다고 볼 수 있다. 이것은 현세적, 국가 중심적, 정치 중심적, 귀족 중심적인『삼국사기』의 성격과 비교해 볼 때 뚜렷한 대조를 이룬다.

「기이편」이 민족사 중심이라면 그 이하는 불교를 중심으로 한 종교사에 해당한다. 그리고 마지막의「효선편」에서는 개인과 가정의 윤리적 내용을 주제로 삼고 있다. 이와 같은『삼국유사』의 전체 구조를 보면「왕력편」과「기이편」 등 국가로부터 시작하여 마지막「효선편」에서 사회의 기초 단위인 가정과 개인의 윤리를 다루고 있고, 그 중간은 불교적 세계와 진실을 다루고 있다. 얼핏 산만한 체계로 나열된 듯하나 수미(首尾)가 일관된 체계성을 느낄 수 있다.

즉 개인은 지극한 불교적 신심을 통하여 하느님의 아들인 왕에게까지 이를 수 있다는 점을 보여 주고 있다고 볼 수 있다. 혹은 불교에서 강조하는 마음을 매개로 하여 영이한 존재인 왕과 서민인 개인이 하나가 될 수 있다는 점을 암시하고 있다고 볼 수 있다. 이것을 좀 더 일반화한다면 인간의 역사에는 보이지 않는 마음의 작용이 있다는 점을 암시하고 있다고도 할 수 있을 것이다. 이 점이 유교의 현실주의와 합리적 역사관에 비교되는 초현실적이며 신비주의적인 신이사관의 참뜻이다.

『삼국유사』가 왕명에 의한 관찬(官纂)으로서 조잡하고 난삽한 야사이며 잡록류(雜錄類)라는 인식이 그간 널리 유포되어 왔다. 그러나 이러한 이해는 앞서 암시했듯이 사관과 서술체재의 선택에 대한 문제를 간과한 결과라 할 수 있다. 『삼국유사』에 대한 그와 같은 부정적인 인식에도 불구하고 오늘날 민족의 습속(習俗)과 사유(思惟) 형태를 엿볼 수 있는 귀중한 재보로서 그 생명력이 오히려 더욱 빛을 발하고 있는 것만 보아도 그것은 쉽게 알 수 있는 일이다.

『삼국유사』에 대한 가치는 또 다른 측면에서도 더없이 귀중하다. 무엇보다도 이 책은 우리 국문학의 최고의 보전이다. 수많은 유형의 신화, 전설, 설화 등이 수록되어 있는 설화 문학의 보고이며, 우리나라 최고의 정형 시가인 향가 14수가 실려 있다는 점에서 그러하다.

『삼국유사』의 국문학사적 가치는 참으로 절대적인 것이라 할 수 있을 것이다. 그리고 『삼국유사』는 우리 민족 문화 유산의 원초적인 보고이다. 최남선(崔南善)이 그의 「불함 문화론」, 「아시 조선」, 「고사통」 등에 의하여 일제 치하에서 한국학의 터를 닦은 것이 기실은 『삼국유사』 속에 숨어 있는 신화와 그 전개에 온전히 힘입고 있다는 사실만을 보아도 그것은 쉽게 짐작할 수 있는 일이다.

『삼국유사』는 앞으로도 계속 역사, 국어학, 문학, 신앙, 인류학, 민속학 등 다면적인 탐구가 요구되는 커다란 숙제로 남아 있을 것이다.

이 책은 일반인의 교양을 위해서 엮어진 것으로서 될 수 있는 대로 쉽게 풀어 쓰고자 노력하였다. 그리고 이러한 기획의 의도에 따라서 덜 중요하다고 생각되거나 지루한 기사들은 제외하였고, 역출된 본문의 기사 중에서도 더러 불가피한 첨삭이 있었음을 밝혀 둔다.

(삼국유사, 학원사, 1994)

구운몽, 환몽 소설의 걸작

『구운몽(九雲夢)』의 저자 서포(西浦) 김만중(金萬重)은 인조 15년(1637)에 태어나서 숙종 18년(1692)에 죽은 조선조 명문의 양반 관료였으며 대문학가였다. 그는 광산 김씨(光山金氏) 거족인 사계(沙溪) 김장생(金長生)의 증손이요, 병자호란 국치(國恥)의 한을 품고 강화도에서 자결한 충렬공 김익겸(金益兼)의 아들이며, 숙종의 초비(初妃)인 인경 왕후(仁敬王后)의 부친 광성 부원군(光城府院君) 김만기(金萬基)의 아우이기도 하다.

한편 그의 어머니 해평 윤씨(海平尹氏)는 선조(宣祖)의 부마(駙馬) 윤신지(尹新之)의 손녀, 즉 정혜 옹주(貞惠翁主)의 손녀요, 이조 참판 윤지(尹墀)의 딸이다. 한 마디로 당시의 사회 구조로 본다면 그의 가계(家係)는 명문거족임에 틀림이 없다.

그러나 화려한 가계와는 달리 서포의 일생은 참으로 고단하고 기구한 것이었다.

우선 그의 출생부터가 그러하다. 그의 아버지가 강화도에서 절사(節死)했을 때는 그의 형 김만기가 겨우 다섯 살이었고 그는 아직 어머니의 뱃속에 있었기 때문에, 그는 평생을 두고 아버지의 얼굴을 모르는 것을 한탄해야만 했다. 그가 어렸을 때는 마침 병자호란 난리를 겪고 난 터에 홀어머니 윤씨가 손수 베를 짜서 조석의 끼니를 이어가던 때라, 집안 살림살이는 이루 말할 수 없이 궁핍하였다. 가난한 처지에 두 자식을 위해 스승을 모시는 일은 엄두도 낼 수 없으려니와, 더욱 어려운 것은 좋은 책을 구하는 일이었다. 살 만한 책이 있기만 하면 어머니 윤씨는 짜던 베필을 잘라 가지고 가서 그 값의 고하를 묻지 않고 사왔으며, 이웃에 살고 있는 홍문관(弘文館) 관리를 통하여 홍문관의 서책을 빌려내어 손수 베껴서 두 형제를 가르쳤다고 한다.

『서포문집(西浦文集)』에 있는 김만중의 술회에 의하면 『소학(小學)』, 『사략(史略)』, 『당시(唐詩)』 등은 어머니 윤씨가 직접 가르쳤다고 하니, 그의 어머니는 자엄(慈嚴)을 겸비한, 실로 고금에 보기 드문 현부인이었음을 짐작할 수 있다.

김만중의 정치적 생활도 또한 평탄한 것만은 아니었다.

일찍이 진사(進士)를 거쳐 병조 판서(兵曹判書)에 이르렀으며 두 번이나 대제학(大提學)을 역임하였으나, 숙종 13년에 언사(言事)의 죄로 선천(宣川)에서 귀양살이를 하였고, 급기야는 인현 왕후(仁顯王后) 민씨(閔氏)의 폐출 사건에 연루되어 남해(南海)의 외로운 섬에서 귀양살이로 일생을 마치게 되었다.

『구운몽』의 저작 동기에 대하여 문헌들이 전해 주는 바에 의하면, 서포가 그의 어머니의 외로움과 고단함을 위로하기 위하여 유배지에서 하룻밤에 지은 것이라고 한다.

이 말이 사실이라고 한다면, 전후 사정으로 미루어 볼 때 『구운몽』의 저작 시기는 서포가 선천에서 귀양살이를 하고 있을 때인데, 이때는 이미 그의 형 김 만기가 요절한 뒤다. 그러므로 하나 남은 자식까지 유배지로 떠나 보내고 나서 말년을 외롭게 지내던 노모를 위하여 평소에 어머니가 즐겨 읽던 패설류(稗說流), 즉 소설을 지었다는 이야기는 상당한 개연성을 지닌다고 볼 수 있다.

그러나 불행히도 그의 극진한 효성으로조차 끝내 어머니의 임명종(臨命終)을 하지 못한 채 유배지에서 홀로 애통해하다가 그 역시 외롭게 세상을 마치고 말았다.

문학 작품이 그 작품을 생산해 낸 한 개인의 삶의 역정을 명시적으로 혹은 은유적으로 되비치는 것이 사실이라고 한다면, 서포가 이승의 현실 속에서 겪어야 했던 덧없는 파란과 기구한 일생은 『구운몽』이 지닌 환몽 구조(幻夢構造)라는 문학적 형식과 특성 속에 얼마간 의미 깊은 관련으로 잠재해 있으리라고 보는 것이 온당할 것이다.

이 점은 뒤에 환몽 구조를 말하면서 다시 이야기되겠지만, 어쨌든 국문학사에서 『춘향전(春香傳)』과 더불어 2대 걸작으로 매김되기도 하는 『구운몽』은 여러 가지 점에서 그 문학적 가치를 부여받고 있다.

첫째, 『구운몽』은 고소설 중 유일하게 심오한 사상이 내포되어 있는 사상 소설이라는 점이다. 우리의 고소설이 대부분 모험 기담이 아니면 영웅담이나 연애담을 중심으로 천편 일률적인 내용과 형식적 전개를 보이고 있는 데 반하여 『구운몽』은 문학적 형식에 있어서도 그 내용이 스스로 요구하는 내적 구조를 형성하였을 뿐만 아니라, 유교, 불교, 도교의 삼교 사상, 혹은 궁극적으로 불교 사상을 심도있게 포섭하고 있다는 사실이다.

물론 읽는 이의 관점에 따라서는 유교적 봉건 체제에서 귀족들의 일부 다처주의를 옹호한 것이라고 간단히 보아 넘길 수도 있고, 또한 현대적인 분석 방법을 통하여 주인공 양 소유의 여성 편력을 외디푸스 콤플렉스(oedipus complex)의 돈쥬아니즘(Don-Juanism)으로 볼 수도 있다. 그러나 그러한 해석들은 『구운몽』의 형식적 특성인 환몽 구조의 의미를 간과한 결과라고 하겠다.

둘째, 『구운몽』은 우리 고대 소설의 완성된 한 경지를 보여 준다는 점이다. 고려조 이규보(李奎報)의 백운 소설(白雲小說)과 같은 패설류로부터 시작하여 전기 소설(傳奇小說)의 백미인 김시습(金時習)의 『금오신화(金鰲神話)』와 영웅 소설인 허균(許筠)의 『홍길동전(洪吉童傳)』을 거쳐서 비로소 『구운몽』에서 일단 고대 소설의 면목이 완성되었다고 보는 것이 일반적인 견해다.

셋째, 『구운몽』은 우리나라의 이른바 몽자 소설(夢字小說)의 효시를 이룬다는 점이다. 물론 『구운몽』이전에도 몽유록계(夢遊錄系)의 소설이 있기는 하였지만 그것들은 아직도 환몽 설화(幻夢說話)의 단계를 크게 뛰어넘지 못한 것들이었다. 환몽 설화의 원천은 불전(佛典)인 잡보 장경(雜寶藏經)의 사라나비구(娑羅那比丘) 설화라고 하는 설이 일반적인 통설이다. 이것이 중국의 『태평광기(太平廣記)』에 수록되어 있는 「침중기(枕中記)」, 「남가태수전(南柯太守傳)」 등 상당히 소설적인 뼈대를 갖춘 설화로 발전하다가 『서유기(西遊記)』와 같은 걸작의 일부로 수용되기도 한다.

그런데 놀라운 것은 환몽 설화의 온전한 소설적 개화는 중국이 아니라 우리나라에 건너와서 『구운몽』에 이르러 비로소 완성되었다는 점이다. 세계적 걸작의 하나로 꼽힐 뿐

더러 중국 몽자 소설의 완성작이라 할 수 있는 『홍루몽(紅樓夢)』이 『구운몽』보다 약 반 세기 뒤늦게 출현했다는 사실은 『구운몽』의 문학사적 가치를 단적으로 말해 주는 것이라고 할 수 있다. 또한 『구운몽』은 그 후 일본으로 건너가 『몽환(夢幻)』이란 작품으로 번안되기도 하였다.

마지막으로, 『구운몽』의 문학적 가치를 돋보이게 하는 점은 주제와 환몽 구조의 긴밀한 대응 관계에 있다. 모든 환몽 설화의 공통된 주제는 인생의 부귀 영화가 실은 일장 춘몽에 불과하다는 이야기이다. 『구운몽』의 주제도 역시 마찬가지다. 그러나 여타의 환몽 설화가 그러한 주제를 표현하기 위하여 일장 춘몽의 꿈 이야기를 기계적으로 채용한 것에 비하여, 『구운몽』은 그러한 주제를 불교의 공(空) 사상에 접맥하면서 인연행기(因緣行起)의 필연성과 스토리의 환몽 구조를 긴밀히 대응시키고 있다는 점이 주목된다.

불교의 연기설(緣起說)에 의하면 무명(無明)으로부터 모든 인간 현실의 변화와 현상의 부침이 비롯된다고 한다. 그러므로 이 무명을 벗어나지 않는 한 인간은 노사(老死)에 이르는 필연적인 연기(緣起)의 고리를 벗어날 수 없을 뿐더러, 스스로 지은 업보에 따라서 영원히 윤회의 고리를 벗어날 수 없다는 것이다. 『금강경(金剛經)』에 "무릇 상이 있는 것은 모두 허망한 것이다. 만약 모든 상이 있는 것을 상이 아닌 것으로 볼 수 있다면 바로 참다운 실상을 보는 것이다(凡所有相皆是虛妄 若見諸相非相 卽見如來)"라는 말이 있다. 여기서 말하는 상(相)은 연기(緣起)에 따라서 잠시 물거품과 같이 부침하는 현상을 말한다. 이 허망한 현상이 실상이 아님을 깨달을 때 성(性)의 진실한 모습, 즉 여래(如來)를 볼 수 있는 것이다.

『구운몽』의 주인공이 현실 속에 있을 때는 양소유(楊小遊)라는 이름으로 나타나고, 비현실적 공간 속에 나타날 때는 성진(性眞)이라는 이름으로 나타난다. 바꾸어 말하자면 허망한 꿈과 같은 현실 속에서 '잠시 놀 때'는 소유(小遊)이지만, 그 '현실이 한갓 꿈에 불과함을 깨달을 때'는 여래의 자성(自性)을 본 사람, 즉 성진(性眞)이 되는 것이다.

사실 『구운몽』은 따지고 보면 소유와 성진이가 둘이면서 하나요 서로 다르면서 실은 같다고 하는 고차적인 존재론적 모순, 혹은 현실과 꿈의 변증법적 긴장을 형상화한 것에 불과하다고도 볼 수 있다.

소설의 모두(冒頭)에서 주인공 성진이 팔선녀를 만난 뒤, 갈애(渴愛) 때문에 번민하다가 그로 말미암아 필연적인 연기(緣起)를 따라서 양 소유로 환생하는 장면은, 연기설에서 무명이 애(愛)를 낳고, 애가 취(取)와 유(有)를 낳는 것과 그대로 일치한다. 한편 주인공이 덧없는 인생의 노사(老死)에 이르러 크게 깨닫고 부처에 귀의하는 데에서 소설은 끝난다. 다시 말하면 소설의 구조는 무명으로부터 시작하여 노사(老死)에 이르는 연기설의 논리와 긴밀히 대응하고 있다.

이외에도 『구운몽』이 지닌 문학적 가치는 작자 김 만중의 탁월한 창조적 능력에서 찾을 수도 있을 것이다. 대체로 보아 한국의 여타 고소설은 거의 중국 소설의 아류로 혹평을 받을 만큼 모방, 번안, 표절이 적지 않았었다. 여기에 비하여 『구운몽』은 삼교 사상을 그대로 습용하지만은 않았음은 물론이고, 작품에 반영된 중국의 문헌과 시문집 등이 무려 230여 종에 달하고 있지만, 그것들을 모방하거나 번안하지 아니하고 완전한 창조적 용해를 통하여 완성되었다.

프랑스의 시인 발레리가 "남의 것을 섭취하는 것만큼 독창적이요 또 자기적인 것은 없다. 그러나 그것을 소화하지 않으면 안 된다. 사자의 몸뚱이는 양이 동화되어 이루어진 것이다"라고 한 말은 바로 서포의 『구운몽』에 적용될 수 있는 말일 것이다.

이 책은, 출판사측에서 기획한 의도에 부응하여, 학문적인 연구를 위해서가 아니라 일반인의 독서를 염두에 두고 엮어진 것이다. 따라서 약 15종의 『구운몽』 이본(異本) 가운데서 국문본으로는 가장 완비되었다고 보는 이가원본(李家源本)을 저본으로 하고, 한문본으로서 최고본인 을사본(乙巳本)을 참조하여 더러 빠진 데를 보충하였다.

표기는 고소설의 맛을 위하여 옛스런 어투를 조금 살리기는 했지만 모두 오늘날의 철자법으로 고치면서 쉽게 풀어서 썼다. 편자의 눈과 손이 미치지 못한 곳이 더러 없지 않아 있을 것이다.

(구운몽, 학원사, 1994)

한국 현대시의 단면

초판 1쇄 인쇄일	2012년 2월 13일
초판 1쇄 발행일	2012년 2월 14일

지은이	김영석
펴낸이	정구형
출판이사	김성달
편집이사	박지연
책임편집	이하나
본문편집	정유진 김현경
디자인	정문희 장정옥
마케팅	정찬용
영업관리	김정훈 권준기 정용현
인쇄처	월드문화사
펴낸곳	**국학자료원**

등록일 2006 11 02 제2007-12호.
서울시 강동구 성내동 447-11 현영빌딩 2층
Tel 442-4623 Fax 442-4625
www.kookhak.co.kr
kookhak2001@hanmail.net

ISBN	978-89-279-0158-7 *93800
가격	17,000원